난 네가 지금보다 키가 작아도…

지금보다 노래를 못해도…

지금보다 못 생겼어도…

지금보다 힘이 약해도…

이 세상에서 제일 좋아~!!!

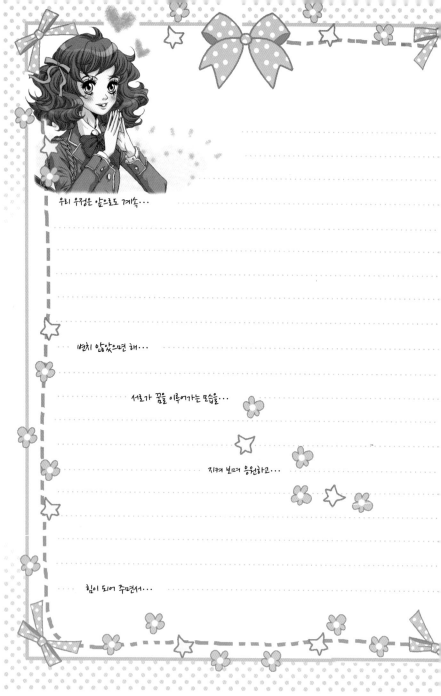

우리 우정은 앞으로도 계속…

변치 않았으면 해…

서로가 꿈을 이루어가는 모습을…

지켜 보며 응원하고…

힘이 되어 주면서…

우리 함께 소중한 추억을 만들어 나가자...

두고두고 기억될 아름다운 우정을 만들어 나가자...

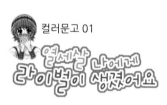

컬러문고 01

2013년 4월 20일 개정판 1쇄 발행

글/그림 최봉선
펴낸곳 도서출판 푸른뜰
주 소 경기도 시흥시 뱀내장터로19번길
전 화 (031)311-4025
팩 스 (02)6918-4959
등 록 제401-2013-000002호

ISBN 978-89-91883-31-4

이 도서의 국립중앙도서관 출판시도서목록(CIP)은 서지정보유통지원시스템 홈
페이지(http://seoji.nl.go.kr)와 국가자료공동목록시스템(http://www.nl.go.kr/
kolisnet)에서 이용하실 수 있습니다.
(CIP제어번호: CIP2013002329)

컬러문고 01

열세 살 나에게 라이벌이 생겼어요

글/그림 최봉선

푸른뜰

차 례

허봄/13세, 천칭자리

화수여
언제나 승리는 나의 것!!!

생일-10월 22일.

혈액형-B형.

키-165cm. 초등학교 고학년부터
무서운 속도로 자라고 있다.

몸무게-51kg.

가족-축구 감독 아빠, 만년 소녀를
꿈꾸는 엄마, 검도 사범 큰오빠, 태권도 사범 둘째 오빠,
유도 선수 셋째 오빠, 수영 선수 막내 오빠.

취미, 특기-일단 몸으로 하는 운동은 다 잘하며 어릴 때부터
오랜 기간 배운 피아노는 수준급.

좋아하는 것-템포가 빠른 음악과 보이시한 톰보이 스타일.
어린 나이에 어울리지 않는 맵고 칼칼한 매운탕.

싫어하는 것-지는 것. 남자든 여자든 공부든 운동이든 승부욕이
강해 무조건 이겨야 직성이 풀린다. 느끼한 크림 파스타와
치마, 리본, 레이스 등 여성스러운 것들에 대한 알레르기가
있다. 그래도 은새가 하는 건 어울린다고 생각한다.

성격- 다소 욱 하는 경향이 있지만 친구들간의 우정을 중요시
여기고 의리를 지킬 줄 안다.

꿈- 하얀 가운이 잘 어울리고 카리스마 있는 의사 선생님.

이유찬/13세, 처녀자리

최우연 솔직당당하게!

생일-8월 31일.

혈액형-A형.

키-157.3cm. 키에 대해서는
    길게 이야기 하고 싶지 않다.

몸무게-45kg. 외소한 체격이지만
    키가 자라면 당연히 몸무게도 늘 거라고 생각한다.

가족-근엄한 아버지, 잔소리가 심하지만 사랑 많은 엄마,
    공부벌레 형, 왈가닥 누나.

특기, 취미-축구. 가슴 터지게 뛰어다니다 보면 고민이나
    스트레스가 사라지는 거 같다. 또 노래 실력도 최상급.

좋아하는 것-늘 mp3를 듣고 다니며 음악이란 음악은 다 듣는다.
    넓은 귀가 좋은 목소리를 낼 수 있다고 생각한다. 특별히
    좋아하는 스타일이 있는 건 아니지만 청바지를 좋아한다.

싫어하는 것-키와 작은 체격을 놀리는 것. 노력으로 어떻게 할 수
    있는 것이 아닌데 그런 걸 놀리는 건 비겁한 짓이라고 생각한다.

성격-의외로 순정파 타입. 진짜 좋아할 수 있는 한 사람을 기다릴
    줄 안다고나 할까….

꿈-노래하는 사람. 자신의 노래를 듣고 행복해 하는 사람들을 볼
    때 비로소 태어나 있는 이유를 알 것 같다고 생각한다.

한은새/13세, 황소자리

잠수영
미모는 나의 힘♥

생일-4월 22일.

혈액형-AB형.

키-154cm. 작은 키지만 화려한
    이목구비로 인터넷에
    〈은새의 화원〉이라는
    팬카페가 있을 정도.

몸무게-41kg. 바람에도 부러
가냘프지만 속은 강한 외유내강 타입.

특기, 취미-바늘질과 음식 만들기를 잘한다. 그림을 잘 그리고
    옷을 리폼하거나 무엇이든 꾸미고 만드는 일을 잘한다.

좋아하는 것-샤방 샤방한 레이스, 꽃과 나비 별 등 소녀다운
    액세서리를 좋아한다. 동물이나 식물 키우는 것도 좋아한다.

싫어하는 것-시끄러운 소음과 격한 운동으로 땀 흘리는 건 질색.
    예쁘게 빗어 내린 헤어 스타일이 망가지는 것도 싫다.

성격-연약하고 예쁜 외모로 주변 사람들로부터 많은 사랑을 받아
    약간 이기적일 것이라 생각하지만 마음이 약하고 수줍음도
    많다. 간혹 독하게 돌변하기도 하지만 오래 가지는 못한다.

꿈-사랑하는 남편과 아이들이 있는 예쁜 집에서 그림을 그리는
    화가가 되고 싶어 한다.

정민혁/13세, 염소자리

좌우명
남에겐 관대하게
나에게 엄격하게

생일-12월 25일.

혈액형-O형.

키-170cm.

　어릴 때부터 키가 커서

　항상 맨 뒤에 서야 했다.

몸무게-58kg.

수영으로 다져진 몸매로 모델 같다는 말을 많이 듣는다.

특기, 취미-사람의 마음을 잘 간파해 내고 배려심이 있어 친구들의

　카운셀링을 잘해 준다.

좋아하는 것-수영장에 누워서 멍 때리기. 생각이 필요할 때 이만한

　장소가 없다고 생각한다. 친구들(은새, 봄, 유찬)을 무척

　좋아한다. 편안한 휴식과 순면 옷, 담백한 음식을 좋아한다.

싫어하는 것-맨날 싱글거리며 웃는 모습에 과연 싫어하는 것이

　있을까 생각을 하겠지만 은근히 까다롭다. 향이 강한 음식을

　싫어하고 매일 수영복은 입으면서도 몸에 쫙 붙는 옷은 질색.

성격-수더분하고 믿음직스럽다. 매일매일을 유쾌하고 즐겁게

　살고 싶어 한다.

꿈- 박태환 선수 같은 제2의 마린 보이를 꿈꾸고 있다. 즐기 줄

　아는 사람을 이기는 천재는 없다는 신조로 수영을 즐기고 있다.

제1화
소년 vs 소녀

"하아…."

거울 속의 모습이 너무 바보 같다.

나, 이유찬. 키 157cm.

더 작아 보이게 만드는 커다란 교복… 겨우겨우 소매 끝에 대롱 매달린 내 손가락이 보인다.

"유찬아! 거울 그만 보고 밥 먹어, 어서."

나는 불만에 가득 찬 눈빛으로 엄마를 쳐다보았다.

"옷이 너무 크다고요! 교복도 스타일이라는 게 있는데…."

엄마는 나의 옷 투정에 무관심한 척 쳐다보시지도 않는다.

"어서 밥 먹고 학교 가야지. 그래야 키도 쑥쑥 커서 교복도 딱 맞게 입을 거 아니야?"

"아~ 엄마!! 나도 키 크고 싶다고요…. 엄마가 그런 말 안 해도… 치!"

"이놈의 자식. 엄마한테 치가 뭐야, 치가~! 어서 밥이나 먹어. 그러니까 키가 안 크지!"

우리 집에서 키가 작은 건 나뿐이다. 아빠도 형도 누나도 나보다 훨~씬 크다.

오늘은 나의 중학교 입학식.

멋진 교복을 입은 근사한 입학식을 생각했는데….

이런 커다란 교복에 파묻힌 나는 망한 거나 다름없다.

초등학교 때처럼 맨 앞에 앉는 일은… 정말 싫은데….

"아, 엄마~ 소매에 국물 묻었어요."

"새로 산 거 더럽히지 말고 소매 걷어서 입어~!"

이녀석이
‥‥‥

엄마가 입학식까지 따라오신다는 걸
혼자 갈 수 있다고 도망치듯 빠져나왔다.
같은 중학교에 입학하게 된 민혁이와
단둘이 가기로 약속을 했기
때문이다.

"민혁아~!"
대문이 열려진 사이로
얼굴을 내밀며 다시 불러보았다.
"정민혁~!"
"어~, 지금 나가~."

민혁이 현관문을 열고 나오는 순간 난
머리가 어지러웠다. 짙푸른 색의 교복
재킷에 적당하게 빠져 나온 하얀 손,
운동화 위로 적당하게 올려진 바지….
나처럼 질질 끌려서 엄마가 몇 번이나
줄여주지는 않았을 것이다.
민혁이는 지금 입학식이 아닌
졸업식을 해도 괜찮을 것 같았다.

"엄마가 같이 가신다고 하잖아. 괜찮다고 하는 데도….”
"나두야, 우리 엄마도 오시겠다고….”
우리 둘은 서로 마주 보며 피식 웃어
버렸다. 민혁이는 초등학교 때부터
나와는 단짝 친구다. 또 잘 나가는
초등학교 수영선수이기도 하다.
그래서 그런지 이 녀석은 나보다 키도
훨씬 크다. 처음 만난 초등학교
2학년 때는 분명 키도 비슷했는데….
5학년 겨울방학 동안 녀석은
몰라보게 커져 있었다.
그것 땜에 나도 한동안 1.5L짜리
우유를 매일 밤마다 마시며 기도했다.
녀석보다 더 크게 해달라고….
그래도 난 아직도 그때와 별반
달라지지 않았다.
내 기도는 다 어디로 간 걸까….
누가 가져간 거야? 도대체….

수많은 기도와 노력으로 절대 이루어질 수 없는 것….

민혁이는 남자인 내가 봐도 참 잘생겼다.

깊게 쌍꺼풀진 눈매와 길게 뻗은 속눈썹이 웃을 때면 더욱더 멋지게 보였다.

그 모습에 반한 여자애들이 나를 통해 많은 팬레터와 선물을 전달해 달라고 했다. 우리학교 뿐만 아니라 다른 학교 여자애들까지 민혁이를 보러 학교에 찾아오곤 했는데….

그러나 민혁이는 여자애들에게 관심이 없다.

내가 전달해 준 모든 편지와 선물은 다 어떻게 했을까….

다 보긴 했을까…? 부러운 녀석… 쳇!!

"야! 너 지금 내 말 안 듣고 있지?"

"어?? 뭔 말?"

민혁이는 어이없다는 듯 쳐다보았다.

자식~ 노려보는 것도 멋지네… 쩝…

"정민혁!"

누군가 뒤에서 부르는 소리에 나와 민혁이는 똑같이 뒤를 돌아보았다. 그곳에는 처음 보는 여자애 둘이 나와 민혁이를 쳐다보고 있었다.

"하아…."

이 어색한 모습… 정말 못 봐주겠다….

누가 치마라는 옷을 만들었지?? 시원한 것은 좋다만 바람이라도 불면 홀라당 뒤집히는 이 불편하기 짝이 없는 옷을!!

그리고 난 이 옷을 입고 처음으로 중학교에 가야 한다!!

"봄아… 엄마 들어간다!"

엄마가 조심스럽게 방안으로 들어오셨다.

"우와! 우리 딸 너무 예쁘다~ 돌아봐, 돌아봐~."

난 울상이 되어서 엄마를 쳐다보았다. 돌아보라니, 엄마는 내가 모델이라도 된 듯 정말 행복한 표정을 짓고 계셨다.

"엄마~ 나 이거 입기 싫어~."

엄마에게 말도 안 되는 떼를 쓴다는 걸 알고 있지만 짜증이 났다.

"그게 무슨 소리야~ 너무 예쁜데. 거울 보렴~. 봄아! 봐봐!! 너무 예쁘다, 그치?"

"엄마. 치마가 너무 짧아…. 그냥 체육복 입고 가면…."

"애가 무슨 말도 안 되는 소리를!!!"

엄마는 봄이의 등을 한 번 후려치고는 다시 거울 앞에 세웠다.

"한 번도 안 입어 봐서 그렇지, 입어 버릇하면 괜찮아질 거야. 그리고 무엇보다 우리 봄이한테 너무 잘 어울리잖아~? 엄마는 이런 모습을 항상 꿈꿔 왔단다~."

엄마가 이렇게까지 말씀하시는데…. 더 이상 반항할 수 없었다. 그리고 난 엄마의 손에 이끌려 현관 문 앞까지 끌려 나왔다.

"봄아~~!"

친구 은새의 목소리가 들렸다.

"은새 왔나 보다. 학교 잘 다녀오고~."

엄마는 은새의 목소리에 나보다 더 반가워하셨다.

찰칵.

굳이 보지 않아도 은새가 어떤 표정일지 알 거 같았다.

"봄아~ 와! 너무 예쁘다!! 봄이 다리 너무 예뻐!"

은새는 다리 주인인 나보다 더 내 다리를 좋아했다. 내 다리에 어색한 건 주인인 나뿐인 건가…?

"은새야, 우리 봄이 너무 예쁘지? 이렇게 예쁜데 치마 입기 싫다고 그랬단다."

은새는 정말로요? 라는 표정으로 엄마를 쳐다보곤 나를 바라보았다.

"아니야, 봄아~ 진짜 예뻐~~!!"

난 급 피곤해졌다.

다들 예쁘다고 하니….

이렇게 쩔쩔 매는 내가 바보 같다.

"그래, 그래. 알았어. 나도 예쁜 것 같아. 학교 가자."

은새는 내 말에 방긋 웃으며 손을 내밀었다.

"학교 다녀올게요."

"학교 다녀오겠습니다."

엄마는 나와 은새를 향해 환하게 웃으시며 손을 흔들어 주셨다.

은새는 바로 옆 동네에 살고 있다.

신기한 일이지만 나와 은새는 초등학교 내내 같은 반이었다. 한 번도 떨어진 적이 없기 때문에 우린 같은 중학교에 가는 것도 당연한 거라 생각했다.

　한은새….
　여자인 내가 봐도 참 예쁜 친구다.
　초등학교 2학년 때 은새를 처음 봤던 모습이 아직도 생생하게 기억난다.
　하얀 얼굴에, 반짝이는 검은 구슬 같은 커다랗고 맑은 눈을 깜박이며 나를 바라보았지.

　어린 나의 눈에도 그녀의 모습이 얼마나 예뻐 보였는지….
　늘 함께 다니는 지금도 가끔씩 그 모습을 떠올리곤 한다.
　하지만 은새는 마치 길가의 코스모스를

떠올리게 할 만큼 연약하여 항상 남자애들의 표적이 되었다.

놀림을 받을 때마다 은새는 항상 내 뒤에 숨곤 했고, 나는 꼭 은새를 지켜줘야 한다고 생각했다.

보드랍게 흔들리는 밝은 갈색머리…

커다란 눈에 촉촉하게 젖어드는 눈빛…

길게 뻗은 속눈썹…

하얀 피부에 핑크빛 볼…

웃으면 귀엽게 들어가는 보조개까지…

은새는 너무나 귀여운 여자 아이…

어느새 남자애들의 키를 앞지르기 시작한 나보다 은새는 점점 여성스럽게 변해가고 있다.

"봄아, 무슨 생각해?"

"응? 뭐가?"

은새는 더 이상 말을 하지 않고 나를 보며 방긋 웃었다.

"어? 저기 앞에 가는 애…. 민혁이지?"

은새가 앞에 가는 민혁이를 먼저 알아봤다.

"정민혁!"

봄이가 우렁차고 씩씩한 목소리로 민혁이를 불러세웠다.

민혁이와 같이 가던 남자애가 동시에 뒤를 돌아보았다.

제2화

쌍코피의 추억

"어!? 허봄~ 한은새~ 오랜만이다. 지금 가는 거야?"

"뭐가 오랜만이야? 엊그제도 봤구만~."

"아!? 그랬나??"

민혁이와 봄이라는 애는 보자마자 시끌시끌하다.

봄이는 민혁이에게 눈짓으로 누구냐고 물어보았다.

"아~ 맞다. 이쪽은 내 친구 이유찬!!"

"아… 안녕…하세요…?"

반말을 해야 할까 하다가 첫만남에 왠지 경우에 어긋나는

것 같아서 우선 존댓말로 인사를 했다.

"이쪽은 내 어렸을 적 친구들, 허봄! 그리고 한은새!"

"무슨 존댓말이야? 민혁이 친구면서, 반갑다!"

무슨 남자들끼리의 인사처럼 어깨를 가볍게 툭 치는 허봄이라는 애는 무척이나 전투적인 듯했다. 거침없는 성격이랄까….

그에 비해 한은새라는 애는 깜짝 놀랄 만큼 귀엽고 깜찍했다. 역시 우리 학교까지 얼짱이라고 소문이 자자할 만했다.

허봄이라는 애도 못생긴 편은 아니었고 예쁜 얼굴을 가진 은새라는 애는 아주 귀엽고 향긋한 냄새가 막 풍기는 듯한 이미지다.

그애는 눈이 마주치자 간단하게 목 인사만 한다.

네 명이서 나란히 함께 등교하게 되면서, 아까는 잘 느끼지 못했는데 민혁이 옆에 서있는 봄이라는 여자애는 나보다… 훨씬… 컸다… 이런….

가까이 가면 내 작은 키가 더 작아 보이겠어.

절대 가까이 가지 말아야지….

라고 생각하는 유찬이. 그리고…

유찬이와 똑 같은 생각을 하고 있는 봄이.

남자애가 뭐가 이렇게 작아….

같이 있으면 내 키가 더 커보이겠어.

절대로 같이 있지 말아야지….

"참, 유찬아! 너 2반이라고 했지?"

"응."

"봄이도 2반이야. 둘이 같이 가면 되겠다."

"그래? 너도 2반이니??"

봄이는 눈을 동그랗게 뜨고 유찬이를 바라보았다.

봄이와 유찬이는 서로를 쳐다보며 또 같은 생각을 하고 있다.

이런…. 하필이면….

왜 가까이 가면 안되는 녀석과 같은 반이야!!!

괜히 얼굴이 빨개진다.

"으…응…."

"은새랑 너랑은 8반이구… 나도 8반하구 싶다…."

봄이는 아쉬움이 묻어나오는 목소리로 은새를 바라보았

다.

　"어쩔 수 없지…. 나도 아쉬워~."

　"야, 정민혁! 너 은새 괴롭히지 마~!!"

　"내가 언제 괴롭혔다고 그래…? 하여튼 쟤는…."

　"잘 지켜주라 이거지~. 은새는 인기가 많아서 오뉴월에
똥파리 꾀듯 남자애들이 엄청 꼬인단 말이지. 그러니까 안
꼬이게…. 알았지?"

　"너도 참… 내가 뭐가 인기가 많다구…."

　"너 기억 안나? 우리 초등학교 졸업식 때랑 얼마 전에 발
렌타인 데이 때 고백 엄청 받았잖아…."

　"아이~ 참! 난 봄이가 젤 좋다 말이야~."

　은새는 봄이를 보며 키득거린다. 봄이와 은새는 딱 보기에
도 죽이 잘 맞고 무척이나 친해 보인다.

　"유찬아, 둘이 되게 이상하지?"

　"응? 뭐가?"

　"너네 둘이 사귀냐?"

　"됐거든?! 입 다물어~ 너~!"

민혁이가 피식 웃으며 곁눈질로 봄이를 쳐다보자 봄이는 눈을 부릅뜨며 민혁에게 덤빌 기세다.

　입학식은 지루하게 시작해서 긴장 속에 끝이 났다. 대머리 교장선생님의 훈화는 3년 내내 지루하겠구나 상상하며….

　담임 선생님은 우락부락한 근육에 무서운 얼굴 포스를 자랑하는 학생 주임 선생님이시다.

　우리 반 친구들은 벌써부터 잔뜩 긴장하며 앞으로의 일년을 걱정하며 탄식을 자아냈다.

　우리반 아이들 중에 같은 초등학교를 졸업한 친구들이 몇몇 눈에 띄었다. 다행이다, 생각하면서 앞으로 함께 지낼 아이들을 보니… 우…….

　아무리 생각해도 당장 5cm 이상 크지 않으면 앞자리는 내 자리일 것이 분명했다.

　안 돼!!!
더 이상 일 번은
싫다구~~~!

5cm!!

"저 뒤에 쓰레기통도 비워 와라."

다들 분주하게 빗질을 하면서 쓰레기통 근처에는 가지도 않는다.

유찬이가 슬쩍 다가가서 쓰레기통을 들자 쓰레기통을 잡는 또 다른 손이 보였다.

봄이였다.

앗! 안돼~! 이 녀석하고 같이 갈 순 없어….

나란히 걸을 수 없다구~!!

서로 같은 생각을 하는 두 사람은 누가 뭐랄 것도 없이 자연스럽게 쓰레기통을 내려놓으며 돌아서려는데 선생님의 목소리가 들려왔다.

"허허. 그래, 너희들이 솔선수범하는구나~!"

씨익 하고 웃는 미소에 금니가 반짝거리는데 그 중압감에 둘은 눈물을 머금고 쓰레기통을 집어 들고 교실을 나섰다.

봄이와 유찬이는 어색하게 나란히 쓰레기통을 들고 뒤뜰로 걸어갔다. 유찬이는 길게 쭉 뻗은 눈매가 인상적이였다.

민혁이처럼 느끼한 쌍꺼풀이 아닌 것은 괜찮아 보였다.

그리고 입술이 살짝 말려 올라간 것이 웃으면 나름 귀엽게 보일 것 같았다.

뭐, 내 앞에서 웃을 일이야 얼마나 있을까 싶지만.

하지만… 키는 참… 안습이다….

은새보다 조금 더 크려나….

은새 생각을 하는데 바로 앞에 은새가 서 있었다.

"은새야~!!"

"어, 봄아!?"

"너도 쓰레기통 비우러 온 거야?"

"응~."

"너가 왜 비워? 너네 반 남자애들은 뭐하고?"

"그냥 내가 온 거야. 그리고 혼자 온 거 아니야."

"그래?"

은새의 뒤를 보니 시커먼 피부에 멋쩍게 머리를 긁적이는 머슴애 하나가 쓰레기통을 들고 서 있었다.

분명 은새의 미모에 반해 은새에게 잘 보이려고 굳이 싫다는 데도 따라 왔을 것이다.

민혁이 녀석, 그렇게 잘 지켜 주라고 말했건만….

봄이와 은새가 가만히 서 있는 유찬이를 바라보았다.

표정을 보니 어서 가서 쓰레기통을 비우고 오라는 눈빛이
다. 유찬이는 네네, 알겠습니다, 하는 표정으로 둘을 스쳐 지
나갔다. 그때 바람이 세차게 불었다.

팔랑~.

은새의 갈색머리에 묶여 있던 파란 리본이
나풀거리며 하늘로
날아올랐다.

그리곤 그리 높지 않은 나뭇가지 위에 사뿐히 올라앉았다.
주위에는 그 흔한 막대기 하나도 보이지 않았다.
은새와 봄이는 서로 얼굴을 바라보았다.

"봄아~! 그냥 내려와. 위험해~!!"
"잠깐만, 거의 다 올라왔다."
조금만 더 손을 뻗으면 리본이 잡힐 것 같았다.
"앗싸~!!"
"잡았다, 은새야!"
손에 잡힌 파란 리본을 흔들어 보이며 환하게 웃는 봄이.
유찬이는 은새와 같이 온 남자애와 함께 쓰레기통을 들고
나란히 걸어 나왔다.
그리곤 나무에서 내려오는 봄이를 쳐다보았다.

뜨아!!
저게 여자야??
놀라기는 옆의 남자애도 마찬가지인 듯했다.
그때 봄이는 거침없이 나무에서 뛰어내렸다.

폴짝~!

뛰어내릴 때 치마가 살짝 올라가더니 속옷이 살짝 비춰졌다. 괜히 얼굴이 붉어졌다.

잘못 본 건 아닌 것 같은데….

"이야~ 허봄! 장난 아니다!"

응?? 뭔가 싶어서 옆을 쳐다보니 완전 넋이 나간 녀석의 얼굴이 보였다.

"역시 소문은 믿을만 해~~!!! 너도 봤지? 허봄 뛰어내리는 모습? 허봄이랑 한은새 같이 있으니까 완전 그림 된다!!"

나한테 물어본 건가? 대꾸를 안 했다.

아니 생각해보니 이거 완전 변태 녀석 아닌가….

왜 여자애 속옷을 보고 저리 좋아해?!

그리고 쟤는 왜 저런 데는 올라가고 난리야….

여자애가 속옷 보이는지도 모르고 아무 데서나 펄쩍 펄쩍 뛰어내리기나 하고.

나 참! 허봄, 쟨 여자도 아니구만.

완전 왈가닥!! 선머슴!! 왈패!!

아까 거칠게 인사할 때부터 알아봤다!!

유찬이는 무표정하게 걸으면서 은새와 봄이를 스쳐서 지나갔다.

"봄아. 나 먼저 갈께, 나중에 보자."

"어? 은새야. 나도 먼저 간다."

"응~!"

봄이는 유찬이의 싸늘한 말투에, 혼자 쓰레기통을 비우라고 한 것이 화가 났나 싶어 서둘러 은새의 손에
리본을 쥐어 주고는 유찬이를 뒤따라 갔다.

조그만 녀석이 발은 왜 이리 빨라~?

재빨리 교실 안으로 쫓아들어가자 유찬이는 벌써 쓰레기통을 제자리에 던져 놓고 자기 자리로 들어가서 쏙 앉아 버린다.

뭐야…? 그것 좀 혼자 버렸다고 삐친 거야?

좀팽이 같은 자식!

봄이는 앞을 보고 있는 유찬이 뒤통수를 보며 괜히 한 대 쥐어박고 싶어졌다.

"아~ 내일부터는 열심히 학교 다녀야 하는구나~!!"

진호와 성진이는 벌써부터 지루할 거라는 표정으로 복도 천장을 바라보았다. 진호와 성진이는 유찬이와 같은 초등학교 친구로 은새의 팬이었다.

"근데 허봄 말이야. 실제로 보니까 이쁘더라?"

"그러니까~. 우리의 얼짱 한은새랑 같이 있어도 뭐 뒤지지 않던데? 나름 스타일 있지 않냐?"

유찬이는 이 녀석들의 말에 콧방귀를 뀌었다.

지들이 언제부터 스타일을 찾았다고. 쳇!!

야, 너희들은 엊그제만 해도 초딩들이었거든요~!!

은새빠들이었거든요~!!

"너 아까 허봄이랑 같이 쓰레기통도 비우고 왔잖아, 이쁘지?"

"둘이 아는 사이야? 뭐야?"

급 모든 화살이 유찬이에게 돌아왔다.

"뭐…가? 이 자식들이? 누가 알아? 나도 오늘 처음 봤구만."

"예쁘지? 응?"

"예쁘다고 다 여자냐? 게다가 키도 너무 크고…. 내가 보기에 그애는 여자라기보다는 선머슴이야. 완전 남자라구! 그리고 이쁘긴… 또 뭐가 이쁘냐? 머슴애 같구만!"

"엥? 뭔 소리야?"

"그냥 치마 입고 나무도 잘 타고, 그리고 훌쩍 뛰어내리면서 속… 아~ 뭐~ 그런 거 보면 여자애라기 보단 그냥…. 어쨌든 난 그런 여자애 싫어. 너무 드세잖아, 말투도 그렇고."

다들 의외라는 표정으로 유찬이를 바라보았다.

"허봄이 나무도 잘 타? 역시 허봄이다, 멋지구만 뭐~."

하지만 다들 키득거린다.

유찬이는 차마 속옷도 봤다는 말은 할 수 없었다.

"근데… 나무 올라탄 거 밑에서 본 거 아니야? 너?"

진호의 말에 유찬이는 화들짝 놀란 얼굴이 되어서 애들을 바라보았다. 다들 호기심으로 똘똘 뭉치다 못해 터질 것 같은 표정이다.

"오~ 이거 놀라는 게 장난 아닌데~?"

"뭐? 이 자식들이…. 보긴 뭘 봐? 그냥 치마가 올라가서 어쩔 수 없이…!"

아뿔싸!! 아뿔싸!!

"이야!!! 뭐냐? 너 이거 완전 내숭 아니야?"

"아니야! 허봄인지 뭔지 너네도 그 애 뒤쫓아 다녀 봐라. 장난 아니…?! 응??"

진호가 갑자기 눈짓을 준다.

그리고 그렇게 말이 많던 애들이 일순간 조용해졌다.

슬쩍 뒤를 바라보니 허봄이 눈에서 불을 뿜어내고 있었고 옆에는 은새가 경멸하는 눈빛으로 유찬이를 바라보고 있었다.

일순간 다들 허봄과 유찬이를 번갈아 바라보았다.

어디서부터 들은 걸까…?

침이 꼴깍 넘어갔다.

봄이의 교복에서는 한여름의 태양처럼
열을 뿜어내고 있는 듯 보였다.

"아니, 저… 그러니까…."

봄이는 빠르게 유찬이
앞으로 다가오더니
정강이와 배를 연이어
있는 힘껏 차버렸다.

"헉!!!!"

"이 난쟁이 똥자루 만한 게
여자 속옷이나 훔쳐보고,
재밌디? 어? 재밌어?

그러면서 이러쿵 저러쿵 남 험담이나

하고…! 그러는 넌? 내가 선머슴이면 넌 완전 계집애잖아!"

유찬이는 얻어 맞은 배를 붙잡고 봄이를 노려보았다.

눈에서 눈물이 찔끔찔끔 나온다.

아픈 것을 꾹 참고 봄이를 있는 힘껏 밀어버릴 태세로 덤비자 봄이가 슬쩍 몸을 틀었다.

유찬이는 앞으로 넘어졌다. 마음같아서는 벌떡 일어서고 싶었지만 연이은 봄이의 강타에 꼼짝없이 누워 있을 수 밖에 없었다.

"윽… 으윽 ….."

"변태녀석! 너 앞으로 조심해~!"

봄이는 유찬이의 뒷머리를 툭 쥐어박았다. 그러나 뜻하지 않게 유찬이가 바닥에 코를 부딪치고 말았다.

"피… 피다….. 으아아아아아아악!!"

제3화
복수할 거야!!!

집에 어떻게 왔는지 모르겠다. 엄마는 휴지로 양쪽 콧구멍을 막고 들어오는 내 모습보다는 어디서 뒹굴고 온 듯한 내 옷 상태가 더 걱정이신 모양이다.

"아휴, 또 어디서 굴렀길래 옷이 이 모양이야~!! 빨랑 벗어!!"

"엄마, 나 피났어!!"

엄마는 힐끗 보시더니 콧구멍의 휴지를 빼 버린다.

"장난 좀 그만 치고 다녀. 허구헌날 장난이야? 어디서 또 축구하다 다쳤나 보네? 빨랑 가서 씻어!"

차마 여자한테 얻어맞았다는 말은 안 나왔다.

억울하고 분했다. 난 내 의견도 말할 수 없단 말인가….

오히려 난 변호해 주려고 했었다. 나름….

그날 저녁, 웃음에 가득 찬 민혁이의 전화 목소리.

정말 얄미웠다.

"야, 너 봄이한테 맞았다며?!"

옆에 있으면 녀석의 입을 한 대 때려주고 싶다.

"그것 땜에 전화했냐? 아주 좋아 죽네~!!"

"너 봄이 뭐 봤냐? 애가 아주 열이 바짝 올라서는~ 나한테

열내는데 장난 아니었어."

　장난 아니라며? 큰 흥밋거리라도 건진 것 같은 목소리나

좀 숨겨보던가! 아, 짜증 나!!

"보긴 뭘 봐!! 자기가 나무 위에 올라가서 펄럭이다 다 보여준 거야! 나만 본 것도 아니고. 누가 그런 데 올라 가래?! 내가 가서 치마라도 들췄으면 날 죽였을 거다!"

"봄이가 좀 성격이 급하고 다혈질이야. 그러니까 너가 참아."

"못 참아. 내가 복수할 거야~!!"

"야…. 봄이 유단자 집안이야. 맞았다고 뭐 복수니 그런 생각하지 말고 그냥 있어. 나름 성격 좋아, 봄이."

"그게 무슨 좋은 거야!? 네 친구라고 편드냐? 그리고 여자애가 어떻게 주먹을 쥐고 싸우냐? 나 완전 오늘 피 봤어, 걔 땜에."

수화기 너머의 민혁이는 이미 웃느라고 숨이 넘어갔다.

열이 받아 더 이상 통화할 수 없어 소리를 빽 지르고는 그냥 끊어버렸다.

다음날 소문은 이미 발 없는 말이 되어 사방에 퍼져 있었다. 이대로는 안되겠다는 생각이 들었다.

"엄마~ 엄마. 저 다니고 싶어요."

"안돼!"

"다니고 싶다고요~~ 네?? 제발요~."

"안 된다고 했지?!"

"엄마~~."

유찬이는 끈질기게 엄마를 조르고 졸랐다.

집으로 오던 길에 길가에 있던 태권도

학원이 눈에 들어왔다.

기필코 다녀야 하는

분명한 이유가

생겼다.

소문에 의하면 허봄은 안 해본 운동이
없다고 했다. 검도며 태권도며 쿵푸까지
모두 수준급 이상의 실력을 지녔고
그 집 식구도 다들 뛰어난 유단자들
이라고 했다. 한마디로 남자 이상이라는 말인 거다.

"엄마~~엄마. 이번 한 번만요~~."
"얘가 왜 이래, 정말…. 그렇게
배우고 싶어?!"
"넵!!!"
엄마가 이렇게 말씀하시면 거의
승낙이다. 이젠 내 의지만 남았다.
배우면서 절대 싸우지 않고
말썽 피우지 않는다는 조건으로
엄마의 승낙이 떨어졌다.

두툼하게 잡혀지는 봉투를 다시
한 번 꽉 쥐어 보며 학원에 들어섰다.

뭔가 보는 것만으로도 기가 충만해지는 기분이 들었다.

역시!!!

사부님으로 보이는 분 앞으로 갔다.

하얀 도복에서도 강한 힘이 느껴졌다.

"등록하고 싶습니다!!!!"

유찬이의 목소리가 도장 안을
쩌렁~ 하고 크게 울렸다. 사부님은
빙그레 웃으시며 유찬이를
맞아주셨다. 그런데….

그 미소가 누군가를 생각나게 했다.

누구지?

분명 내가 아는 사람인데….

하지만 성격 좋아보이던 사부님은 생각보다 엄격했다.

기초체력이 현저하게 부족했기에 남들보다 배는 더 열심히 하지 않으면 안되었다. 태권도장에서 돌아오면 쓰러져 잠자기 바빴다. 온몸이 욱신거리고 밤에 잘 때는 신음소리가 절로 나왔다. 다리는 이미 근육들이 그만하라고 비명을 지르는 것 같다. 일주일이 지나니까 이젠 어느 정도 다리 찢기도 조금은 참을 만했다.

"유찬이 무척 열심히 하는구나."

"네, 사부님~! 체력은 국력 아니겠습니까?"

운동한 지 며칠 되지는 않았지만 나름 근육도 생긴 것 같고 힘도 세진 것 같아 유찬이는 기분이 좋았다.

허봄, 기다려라! 이 형님이 가신다!!!

유찬이가 두 주먹을 다시금 꽉 쥐고 자세를 취하자 사부님은 그 모습이 귀여운 듯 미소를 가득 머금고 머리를 쓰다듬어 주신다. 아… 진짜 누구 닮은 것 같은데…. 그때 유찬이의 머리를 치고 지나가는 사람이 있었다!

"!!!!!!!"

"오빠~"

여자 목소리가 들려왔다.

이 목소리다!!

몇날 며칠 사부님을 볼 때마다 언뜻언뜻 스치던 그 사람!!!

거울에 비춰진 문 쪽으로 허봄이 들어왔다.

유찬이는 눈을 비비며 다시 거울을 바라보았다.

헉!!!

심장이 튀어나올 것 같았다. 허봄은 사부님을 향해 웃으
며 다가가고, 그 뒤로 아주머니 한 분이 따라 들어오셨다.

허봄과 사부님 그리고 그들과
많이 닮은 아주머니….
아무래도 허봄 엄마 같았다.
에… 말도 안돼….
양손으로 재빨리 얼굴을 가린
유찬이는 손가락 사이로
봄이네 식구를 관찰했다.

봄이와 얼굴이 많이 닮아 있는 아주머니는 너무나 아름답
고 우아해 보였다.

특히 부드러운 미소는 무척 인상적이었다.

근데 허봄은 왜 저래…?

그때…. 허봄과 눈이 마주쳤다.

그 일 이후로 한 번도 제대로 얼굴을 본 적도, 말을 한 적
도 없었는데….

어쩌지? 그냥 나갈까? 어, 어? 이리로 온다!!

유찬은 본능적으로 얼굴을 가렸다.

"이유찬??"

아… 정말….

유찬은 천천히 돌아보았다.

봄이는 앞에 있는 유찬이가 맞는지 뚫어지게 쳐다보았다.

"뭘 봐…. 사람 처음 봐?"

"잘못 본 줄 알았는데, 맞네?! 이. 유. 찬?"

기분 나쁘게 말끝을 올린다.

나 역시 이곳에서 너를 보는 건 기분 나쁘거든요!!!

"여기서 운동하는 거야? 여기 우리 오빠가 하는 곳인데?"

봄이는 위 아래로 유찬이를 쭉 훑어보았다.

"그래서 그만둘 거야, 지금."

유찬은 신경질이 머리꼭대기까지 올라왔다.

아, 진짜~. 이제 어느 정도 다리 찢기도 되는데….

돌아서 가려는 유찬의 손을 봄이가 잡았다.

유찬은 깜짝 놀라 뒤를 바라보며 손을 빼 버렸다.

"왜 이래?"

"누가 잡아 먹니? 웃겨, 진짜. 운동해. 내가 나갈 테니까."

저쪽에서 허봄의 엄마와 사부님이 쳐다보고 계셨다.

다들 무슨 일인가 싶어 얼굴에 호기심이 가득하다.

운동하면서 내내 마음이 무거웠다.

다른 데를 알아봐야겠다는 생각에 기운이 쭉 빠져서 도장
을 나왔다.

　　도장 앞에 봄이 서 있었다.

　　"다 끝난 거야?"

　　봄이는 팔짱을 낀 채 유찬이를 바라보았다.

　　아무 말도 하지 않고 유찬이는 봄이를 스쳐 지나갔다.

　　"혹시나 해서 하는 말인데 우리 도장 나쁘지 않아. 계속
다녀도 좋아."

"너 땜에 싫어졌어, 저 도장."

유찬이는 걸음을 멈추고 봄이를 노려보았다.

알고 있다.

사부님도 좋으신 분이고 도장
분위기도 좋아서 계속 다니고 싶은
건 봄이랑은 별개의 문제라는 걸.
그래도 허봄이라면 이유는
충분했다.

"나한테 이기고 싶어서
다니는 것 아냐?"

"무…. 무슨 소리야!!"

"너 저번에 나한테 맞고나서부터
다니는 거잖아. 그럼 뻔한 것 아냐??
나한테 맞은 게 억울한 거….
그래서 힘을 키워 나랑 다시 한 번
싸워 보고 싶은 거…."

"…………."

유찬이는 맞는 소리만 하는 봄이의 말에 대꾸할 수가 없었다.

"그러니까 이 도장 다니라고…. 숨어서 몰래 힘 키워서 내 뒤통수치려는 거 아니라면 정정당당하게 같은 사부님한테 배워서 겨뤄 보자고."

"좋아…."

봄이는 유찬이를 향해 알 수 없는 야릇한 미소를 지어 보였다.

제4화
빗속의 사고

교실은 숨소리 하나 들리지 않는다. 다들 처음 치르는 중간고사에 열과 성의를 다해 책상에 코를 박고 눈에 핏줄을 세우고 뚫어지게 얇은 종이를 바라보며 심각하게 인상을 쓰고 있다.

저쪽 책상에 가장 한가하게 연필을 굴리는 진호가 보인다.

속 편한 녀석… 부럽다….

공부와 운동을 함께 하다 보니 지쳐가는 건 체력이요, 밀려오는 건 잠이었다. 그래도 나름 열심히 하려고, 최선이라는 두 글자에 부끄럽지 않으려고 노력도 해보았지만…….

잠이라는 녀석의 유혹에 부질없이 머리를 내주곤 했다.

그리고 그 결과는 참담했다.

연필 굴리기랑… 그냥 일관되게 한 번호로 찍는 거랑 어떤

게 더 확률이 높을까…?

지구가 돌듯 시간도 흐르고 시험도 끝이 났다.

해방감으로 여기저기서 아이들의 탄식과 환호성이 흘러나왔다.

"유찬아~."

민혁의 목소리가 들렸다.

고개를 살며시 들어 문가를 쳐다보니 녀석이 나오라며 손짓한다.

"축구~."

아, 맞다! 오늘 시험 끝나고 축구하기로 했지?

가방을 둘러메고 나오다가 봄이와 눈이 마주쳤다.

둘 다 뭘 봐, 라는 표정으로 일관되게 무시했다.

민혁이는 시험을 잘 봤는지 얼굴이 피었다.

"시험 잘 봤냐? 완전 좋아 보인다?"

"그냥 그랬어. 너는 완전 안 좋아 보인다? 망쳤어?"

"그런 것 같아…. 아, 엄마한테 죽을 일만 남았어…."

"참, 봄이랑은 어떻게 좀 풀었어?"

"풀긴 뭘 풀어? 앞으로 더 꼬일 일만 남았구먼."

"응?? 뭐가 꼬여?"

"그런 게 있어~. 나머지 애들은 다 나와 있는 거야?"

민혁이는 무슨 일이 있느냐는 표정으로 유찬이를 바라보았다.

"무슨 일 생기면 나한테 제일 먼저 보고해."

"무슨 일 있기를 바라지? 이기적인 놈."

"참, 우리 다음주에 극기 훈련 간대, 1학년만."

운동장에는 이미 진호와 다른 녀석들이 공을 차고 있었다.

시험은 끝났으니까 우선은 날아갈 듯 좋다.

차리리 시험을 보지….

아니 차라리 다시 시험을 보고 싶은 심정이다.

왜 이런 고생을 여기까지 와서 하고 있는지 이해가 안됐다.

극기 훈련이라는 말부터가 싫었다.

고생만 죽어라 하는 거 아니냐며 웃으며 이야기 했는데 '혹시나'가 '역시나'로 바뀌는 순간이다.

짐을 풀자마자 체육복으로 갈아입고 30분을 걸어 산 중턱

에 있는 넓은 공터에 집합했다. 그곳에서 운동을 빙자한 강도 높은 극기 훈련이 시작되었다.

다들 열을 맞춰서 쪼그리고 앉아서 뜀뛰기를 하는 등 조교선생님의 명령대로 열심히, 혼나지 않기 위해 정말 필사적으로 최선을 다했다.

줄이 맞지 않거나 한 사람이라도 이탈하면 처음부터 다시 시작해야 했다.

겨우 한차례 숨을 돌리고 다시 30분을 걸어 숙소로 돌아와 이른 저녁을 먹었다.

그리고 다시 그 공터로 올라갔다.

"네?"

유찬이와 봄이는 합창을 하듯 입을 모았다.

"저희 둘이요?"

또 둘이 똑같이 말을 했다.

"싫어욧!!!"

짙은 선글라스를 쓴 조교선생님의 눈빛이 보이지는 않았
지만 대충 어떤 표정인지 알 것 같았다.

"말이 많군요. 지금 여기에 누가 원하는 사람과 짝이 되었
습니까? 그럼 2반만 얼차려 10회 실시하고 시작할까요?"

뒤돌아보지 않아도 반 아이들의 원망 섞인
눈빛에 뒤통수가 따가웠다.

"아닙니다!! 하겠습니다!!"

"좋습니다! 이제부터 둘이 같은 팀입니다. 아까 말한 곳으로 함께 가서 지정된 물건을 가져오면 되는 겁니다. 알았습니까?"

더 이상 반박할 수 없는 강력한 압박이 느껴졌다.

선글라스가 불빛에 반짝였다.

산으로 들어가는 입구에는 희미한 불빛이 보였다. 중간중간 나무에 묶여 있는 전구들이 길을 비춰주고 있었다.

봄이와 유찬은 서로를 바라보았다.

그리고 누가 먼저라고 할 것도 없이 동시에 그 입구로 들어갔다.

그리곤 경쟁하듯이 빠른 걸음으로 걷기 시작했다. 서로 지는 것이 싫어 앞서거니 뒷서거니를 반복하면서 빠르게 발을 움직이다 보니, 띄엄띄엄 비춰주는 전구가 있지만 어두울 것 같아 준비했던 손전등은 무용지물이 되었다.

그렇게 20분쯤 지났을까?

나뭇잎 사이로 뭔가가 떨어지는 게 느껴졌다.

차가운 것이 물 같았다.

그리고 봄이와 유찬이는 동시에 길을 멈추고 하늘을 바라보았다.

확실히 비가 오는 것 같다.

다시 돌아가야 하는 건가, 봄이는 어떻게 해야 할지 몰랐다. 하지만 유찬이는 다시 앞으로 걸어가기 시작했다.

"잠깐만!"

그 말에 유찬이 뒤돌아 보았다

"비 오잖아. 다시 돌아가자. 더 들어가면 안될 것 같아."

"비가 얼마나 오겠어? 많이 올 것 같지는 않은데⋯. 무서우면 먼저 가던가⋯."

유찬이는 냉정하게 말하곤 다시 발길을 돌렸다.

"무섭긴 뭐가 무섭다고 그래. 비가 오면 다 젖으니까 그러지. 무서운 건 너겠지, 내가 아니라."

"내가 지금 앞서고 있거든?"

"내가 뒤에서 따라오니까 안 무서운 거겠지."

"앞으로 오던가, 그럼."

봄이는 유찬이 어깨를 밀치고 앞으로 걸어갔다.

아우!! 진짜~.

"잠깐만…."

유찬이가 봄이 어깨를 잡았다.

"왜!!"

심통난 표정으로 뒤돌아보자 유찬이가 말했다.

"여기는 길 안내하는 전구들이 안 보여…."

"뭐??"

아무리 둘러봐도 둘의 길을 안내하던 전구들이 보이지 않았다. 서로 경쟁에만 정신이 팔려 엉뚱한 곳으로 들어온 것도 몰랐다.

"뭐야…? 설마…. 우리 길 잃은 거야?"

그리고 차갑게 쏟아지는 빗줄기가 굵어지기 시작했다.

두두둑.

나뭇잎 위로 빗소리가 강하게 들려왔다.

"그래서 아까 가자고 했잖아!"

유찬이는 소리가 나는 쪽으로 손전등을 비췄다.

갑작스러운 불빛에 인상을 찌푸리는 봄이가 보였다.

헉!!!

손전등에 비춰진 봄이가 무서워 보였다.

"누가 이럴 줄 알았나…."

유찬이 목소리가 작아졌다.

"무섭다느니 어쩌니 그런 말만 안했어도…."

비에 옷은 금방 젖어들었고 바닥은 금세 미끄러워졌다.

다시 돌아왔던 길을 찾아서 가야 했다.

유찬이 앞장을 서고 봄이가 뒤따라갔다.

빨리 가야 했다. 우선 길이 너무나 불분명해서 어떤 것이
길이고 어떤 것이 아닌지 잘 구분이 안 갔다.

"지금 가는 길로 쭉 가면 될 것 같아…."

"일단 아래로 내려가 보자…."

뒤에서 봄이 목소리가 들려왔다.

마음을 알아준 건지 그 목소리에 조금 안심이 되고 적어도
혼자가 아니라 둘이라서 다행이라고 느꼈다.

그러다 쫙--!! 하고 미끄러졌다고 생각한 순간 튀어나
온 돌부리에 발목이 꺾였다.

"아악!"

유찬이는 그 자리에 주저앉고 말았다.

봄이는 다급하게 유찬이에게 다가왔다.

"뭐야? 넘어졌어??"

"다리… 발목이….''

봄이는 손전등을 다리에 비췄다.

발목은 금세 부풀러 올라왔다.

"다리 접질렸구나.''

봄이가 다리를 살짝 만지자 통증이 머리끝까지 전해졌다.

"악…! 만지지 마!''

비는 하염없이 쏟아지고 이 와중에 다리는 다치고…. 할 수 없다.

봄이는 유찬이의 팔을 어깨에 둘러 부축하고는 쏟아지는 비를 온몸으로 맞아가며 길을 찾기 시작했다.

그러나 그것도 오래 가지는 못했다. 유찬이에 비해 봄이의 키가 너무 커서 봄이 어깨에 유찬이는 거의 매달려 있다시피 해야 했고 그런 유찬이의 키에 맞추기 위해 봄이는 허리를 숙여야만 했다.

그런 모습이 미안했던 유찬이는 혼자서 걸을 수 있다고 고집을 피웠지만 몇걸음 못 가 주저앉는 모습을 보고 봄이는 앞으면서 유찬이에게 등을 보였다.

"업혀."

"뭐?"

"업히라고."

"미쳤어? 왜 업혀?"

"그럼 그 다리로 어떻게 걸어. 그냥 업혀. 나도 좋아서 그러는 거 아니야."

봄이는 주저하는 유찬이를 바라보았다.

유찬이는 멈칫하다가 봄이 등에 몸을 기댔다.

봄이가 끙 소리를 내며 유찬이를 등에 올리며 일어났다.

"너… 제법 무겁다."

"야!! 그럼 나도 남잔데…."

"남자라서 무겁겠냐?"

"요즘 운동해서 근육 무게야."

"참나… 됐거든!?"

밤이라서 다행이다.

아무도 보지 않으니까 다행이다.

유찬이는 입고 있던 운동복을 벗어서 머리 위에 걸치며 봄

이 머리도 덮어주었다.

　이미 다 젖어 버린 운동복이지만 그래도 계속 떨어지는 비를 맞는 것보다는 나을 것이다.

　길을 제대로 가고 있는지 모르겠지만 봄이는 주저없이 걸어갔다.

　비는 점점 거세졌다.

　사방에는 빗소리만 가득했다.

　봄이가 숨이 많이 차오르는 듯했다.

　"나 그만 내려 줘."

　"뭐?"

　"너 힘들잖아. 내가 좀 걸어볼게."

　"됐거든? 너 다리 끌고 가면 시간 더 걸려."

　"걸어온 지 30분도 넘은 것 같아."

　"누가 몰라? 말 시키지

마, 힘들어."

봄이는 아까보다 더 단단히 유찬이를 들어 올렸다. 비를 맞으면 추울 줄 알았는데 이상하게 따뜻했다. 봄이한테서 느껴지는 따뜻한 온기 때문인지 춥지가 않았다.

그렇게 30분을 더 걸었을까?

드디어 불빛이 보였다.

그 불빛을 따라 내려가면서 봄이는 아까보다 기운이 많이 떨어져 있었다.

"저기 뭔가 보인다."

봄이가 숨을 헐떡이며 말을 했다.

아까 그 공터가 보였다.

그곳에는 어른들이 불빛을 비추며 아까 들어갔던 입구를 들락거리고 있었다.

봄이와 유찬이가 나온 곳은 그 입구의 반대편 공터였다.

산을 빙 돌아서 반대편 쪽으로 나온 것이다.

봄이는 유찬이를 내려서 다시 허리를 숙여 부축했다.

힘들어서가 아니었다.

아무리 자기보다 크다 해도 여자애 등에 업혀 있는 걸 친구들에게 보이긴 싫을 것 같았기 때문이다.

봄이는 사람들이 모여 있는 곳까지 걸어갔다.

"저기….."

봄이는 그곳에 서 있던 조교선생님을 잡았다.

모두들 깜짝 놀라 유찬이와 봄이를 바라보았다.

"아니! 너희들 어디로 나왔어?"

봄이가 아까 나온 곳을 가리켰다.

"다친 거냐? 네가 부축해서 내려온 거야?"

봄이는 고개를 끄덕이며 그대로 쓰러져 버렸다.

한 시간 넘게 비를 맞으며 유찬이를 업고 내려온 봄이는 선생님을 만나자 긴장이 풀어지며 기절해 버린 것이다.

유찬이와 봄이는 나란히 앰뷸런스에 실려 서울로 올라온 후 같은 병실에 누워 곤히 잠에 빠졌다.

봄이의 코고는 소리에 잠이 깬 유찬이는 눈을 비비며 주위를 둘러보다가 피식 웃어 버렸다.

제5화
은새와 유찬

어찌됐든 예쁜 아이한테서 그런 말을 듣는 건 슬픈 일이
다.

"우리 봄이 좀 그만 괴롭혀!"

은새는 그 말을 전하며 빨간 입술을 굳게 다물었다.

"아니… 내가… 뭐…."

"너 업고 산에서 내려왔다며…? 얼마나 힘들었으면 오자
마자 쓰러져서 병원에 입원까지 하고… 괴롭히는 거야, 이
거!"

봄이가 퇴원할 때 은새는 그 말만 전하고 쌩 하며 나가 버
렸다.

그 뒤로도 여전히 난 봄이에게 고맙다고, 그때 너무나 고

마웠다고, 나를 버리고 가지 않아서…. 도와줘서 고맙다고
말을 해야 하는데…. 은새의 말이 자꾸 목에 걸린 생선 가시
처럼 따끔거린다.

　내가 괴롭히는 건가…?

　다리는 많이 나아져서 힘을 주면 살짝 뻐근한 것 빼고는
괜찮아졌다.

　그래도 아직은 축구도, 도장에도 나갈 수 없었다.

　수업 끝나는 종이 울리고 담임선생님의 간단한
말씀과 함께 다들 분주하게 책상 정리를 했다.

　교실 문 밖에서 은새가 가방을 들고 봄이를
기다리는지 서성거리고 있었다.

　살짝, 갈색머리와
긴 속눈썹이 보였다.

　역시… 예쁜 애한테서 그런
말을 듣는 건 속이 쓰리다.
이유가 무엇이든 간에….

그때 봄이가 서둘러 나가 둘이서 무슨 말인가를 주고 받더니 봄이는 다시 교실로 들어왔다.

아마 먼저 가라는 말을 들은 것 같았다.

다시 교실 문에 민혁이 녀석 얼굴이 보이더니 이내 교실 안으로 들어온다.

"괜찮아? 그럼 축구 한 판?"

"그 정도까진 아니고…. 너 요새 수영 연습 없냐?"

"설마 없겠냐? 그냥 축구 한 판 하고 가려고 그러지."

"그럼 애들 불러서 하던가."

"너 없으니까 흥이 안 난다. 얼른 나아라~~."

"너랑 축구하려고 얼른 나아야겠냐?"

"다 그런 거야~ 어, 봄이다!"

민혁이는 봄이를 보더니 곧장 봄이한테 가버렸다.

봄이한테 무슨 말을 하는가 싶더니 이내 봄이의 손이 민혁이의 등짝을 내리친다.

민혁이는 봄이한테 맞으면서도 넉살 좋은 웃음을 보였다.

가방을 들며 둘을 보다가 교실에서 나와 버렸다.

복도를 걸어오다가 저쪽에서 민혁이 목소리가 들려왔다.

"내일 보자, 유찬아."

유찬이는 뒤는 안 돌아보고 손만 들어 보였다.

날씨는 점점 더워지고 있다.

낮 시간도 점점 길어진다.

오늘도 도장은 못 가고 곧장 집으로 가는 골목길로 들어섰다.

응? 은새잖아?

저쪽 한적한 담벼락에 은새가 보였다.

그리고 은새를 둘러싼 몇몇 여학생들도 보였다.

은새는 잔뜩 긴장한 표정으로 서 있었고 그 여자들은 왠지 모르게 위협적인 몸짓으로 은새를 바라보고 있었다.

뭔가 이상했다.

유찬이는 천천히 그쪽으로 걸어갔다.

"그래서? 아무것도 없다고?"

"네…. 없어요, 진짜…."

"너 다 뒤져서 나오면 알지?"

저음의 허스키한 목소리가 기분이 나빴다.

은새는 더 긴장된 표정이 되었다. 그리고 들고 있던 가방을 빼앗겼다. 바닥 위로 은새의 물건들이 쏟아졌다. 책이며 필통이며 수첩…. 은새의 눈에서 닭똥 같은 눈물이 뚝뚝 떨어졌다. 처음 겪는 일이라 더욱더 무서웠다.

"그만해요!!"

그 소리에 은새와 여학생들이 일제히 소리가 나는 방향을 바라보았다.

유찬이는 여자의 손에 들렸던 가방을 채가며
은새를 보호하듯 앞에 섰다.

"넌 뭐니, 꼬마야? 쟤 남자친구야?"

"그건 아니구요. 그냥 친군데요!"

유찬이도 겁이 났다.

아무리 여자들이라고 해도
유찬이보다 나이도 많고 덩치도
큰 누나들이기 때문이다.

"친구? 그래? 니 친구가 돈이 없다는데 네가 대신 돈 좀
빌려 줘라!"

"…………!!"

유찬이는 지지 않으려고 이를 악물었다.

사부님이 말씀하셨다.

무도의 승패는 기술이나 힘이
아니다. 내가 상대를 누르고자
하는 기선제압이다.

절대 상대의 눈을 피하면
이미 대결에서 지는 거다.

"어쭈~! 이게 어디서 눈을
크게 떠~?"

덩치 큰 누나가 주먹을 쥐며 유찬이를 위협했지만 유찬이는 더욱 눈에 힘을 주었다.

"자기보다 어린 사람을 위협해서 돈 뺏는 일은 나쁜 일입니다! 부끄러운 줄 아세요!!"

너무 힘을 준 탓일까…. 유찬이의 몸이 파르르 떨리고 있었고 그 떨림은 그대로 유찬의 뒤에 있는 은새에게도 전해졌다.

유찬이 겁이 날 텐데…

날 지키려고… 그러는구나….

"이런 쥐방울 만한 녀석이 어디다 훈계야?"

짝!! 소리와 함께 덩치 큰 누나의 커다란 손바닥이 유찬이의 뺨을 때렸다.

유찬이도 더 이상 참지 않았다. 있는 힘을 다해 상대를 걸어 찼다. 역시 도장을 그냥 다닌 게 아니었다. 열 번 중 세 번은 상대에게 정확하게 맞았고 상대도 그때마다 꽤나 아파하는 듯했다.

그러나 상대는 여러 명이었고 유찬이는 그들을 당해 내기엔 아직 어리고 작은 소년이었다.

결국 그들에게 둘러 싸여 맞는 꼴이 되었지만 은새가 다치지 않게 하려고 벽에 손을 대고 무릎을 굽혀 땅에 굳게 자리박아 마치 바리게이트를 친 듯한 자세로 끝까지 때리는 매를 등으로 다 맞고 있었다.

"유찬아…. 유찬아…."

눈물로 뒤범벅이 된 은새는 끝까지 자신을 지키려는 유찬이의 얼굴을 올려다보며 무섭고 슬픈 감정 뒤에 또 다른 마음이 눈뜨고 있음을 느꼈다.

"헉헉…. 독한 놈. 끝까지 비명 한 번 안지르네…!"

덩치 큰 누나도 때리다 지쳤는지 숨을 헐떡이고 있었다.

"당신들한테 줄 돈 없으니까 다 때렸으면 이제 그만 꺼져!!"

아차 싶었다….

이제 때릴 만큼 때린 거 같은데 그냥 가게 내버려 둘 걸.

왜 그런 자극적인 말을 했을까….

유찬이도 스스로가 이해가 안되고 있었다.

"이놈이?!!"

덩치 큰 누나는 다시금 발끈하여 하필이면 유찬이가 다쳐 뻐근한 왼쪽 발목을 때렸다.

아악!!!!!!!!!!!!!!!!!!!!

유찬이의 비명은 노을지는 하늘을 반으로 갈라 놓을 만큼
크고 날카로웠다.

제6화
좋아하는 마음

"금이 갔네요."

유찬이 엄마는 걱정스러운 눈빛으로 의사선생님을 바라보셨다.

"이 환자 엊그제 우리 병원에 있던 그 환자 아닌가?"

의사선생님이 옆에 있던 간호사에게 물어보셨다.

"네, 선생님. 그 학생, 엊그제 퇴원한 그 환자예요."

"호오. 이번에는 다리에 금이 가서 왔네요. 하지만 다른 데는 괜찮으니까 너무 걱정하지 마세요."

의사선생님은 온화한 미소를 지어 보이셨다.

병실에 들어가니 곤하게 자고 있는 유찬이가 보이고 그 옆에 병원에 올 때부터 함께 온 여자아이가 있었다.

대충 들은 이야기로는 처음 본 언니들이 자기한테 돈을 달라고 했고, 유찬이가 자기를 도와주려다 다친 다리를 맞았다고 했다.

일어나기만 해봐… 에휴, 애물단지야, 아주…. 엄마 걱정하는 것도 모르고….

"애… 집에 안 가도 되니, 너무 늦었는데?"

은새는 그 소리에 뒤를 돌아보았다.

유찬이 엄마가 은새를 보며 조용히 웃고 계셨다.

은새의 눈에는 눈물이 그렁거리고 걱정되어 죽겠다는 표정이다.

"네…. 유찬이 깨어나는 거 보고 가려고요…. 집에는 전화 드렸어요."

"지금은 약 먹고 자는 거라 일어날 때까지 기다리려면 너무 늦으니까 우선 집에 돌아가렴. 내일 전화할게."

은새는 자신의 뜻을 담아 다시 유찬이와 유찬이 엄마를 번
갈아 바라보았지만 도무지 지금은 일어날 것 같지 않아 포
기하고 돌아섰다.

　　은새는 병원을 나와 집으로 가는 길에 몇 번이고 뒤돌아
병원 건물을 바라보았다.

　　아까는 정말 놀랐다.

　　유찬이가 아픈 다리를 붙잡고 크게 비명을 질러대자 그
모습에 언니들은 모두 도망가 버렸고, 유찬이는 너무 아픈
지 눈물까지 글썽이고 있었다.

　　그런데 그 언니들이 떠나자 떨고 있던 내 손을 잡고 말했
다.

　　"…너…
괜찮아?"

자기가 더 안 괜찮으면서…. 오히려 날 걱정해 주었다.

그리곤 다시 온갖 인상을 다 써가며 귀청이 떨어져 나갈 정도로 아프다고 소리를 질렀지만….

다리에 금이 갔다고 하니 정말 아팠을 것이다.

얼마 전 봄이가 병원에 입원했다는 말에 놀랐고, 그 이유가 비를 맞으면서 다친 유찬이를 업고 내려왔기 때문이라는 말에 너무나 화가 많이 났었다.

번번이 봄이가 유찬이랑 얽히는 것이 싫었다.

그래서 봄이가 잠깐 자리를 비웠을 때 못된 말을 내뱉어 버렸다.

유찬이도 원해서 다친 게 아닌데….

그날 비를 유찬이가 오게 한 게 아닌데….

그건 누구 잘못도 아니었는데… 괴롭히지 말라니….

깨어나면 이 말을 꼭 해주고 싶다.

생뚱맞겠지만 그때 그렇게 말해서 너무나 미안했다고….

계속 마음에 걸렸었다고….

띠리링~.

휴대폰 액정 화면에 봄이 이름이 떠오른다.

"봄아!"

"이유찬이 다쳤다며? 너랑 같이 있었다는데 무슨 일이야?"

"아, 그게…. 유찬이가 다친 다리에 금이 갔대…."

"뭐? 그 다리가 또?? 그런데 넌 안 다쳤어??"

은새는 봄이가 자기보다 유찬이 안부를 먼저 묻는 것이 맘에 걸렸다.

평소 같으면 한 시간 이상 통화했을 텐데… 피곤하다는 이유로 서둘러 전화를 끊어 버렸다.

결국 어제는 잠을 한숨도 잘 수 없었다.

유찬이의 안부와… 왠지 모를 봄이의 태도….

"은새야, 유찬이 병원에 갈 건데 같이 갈래?"

은새는 고개를 끄덕였다. 가방을 둘러메던 민혁이는 갑자기 생각이 났다는 듯 다시 말을 이었다.

"참…. 봄이도 간다고 그랬어."

"봄이도?"

은새는 다시금 어젯밤 꼬리를 물던 생각이 떠 올랐다.

똑똑똑.

병실 안으로 들어가자 유찬이가 깁스를 하고 누워 있었다.

얼굴과 팔뚝에는 반창고를 붙이고 있었다.

유찬이 엄마도 함께 계셨다.

"안녕하세요? 아줌마!"

씩씩하게 민혁이가 인사를 했다.

"어서 와라~."

유찬이 엄마는 다정하게 친구들을 맞아주셨다.

유찬이도 지루한 병원 생활에 오아시스를 만난 듯 씨익 웃으며 민혁이와 봄이, 은새를 바라보았다.

"어라? 허봄도 왔네??"

"왜? 난 오면 안되냐?"

허봄이 살짝 퉁명스럽게 말을 하며 유찬이 엄마 눈치를 봤다.

"누가 그렇대? 의외다 이거지…. 엄마, 마실 거 주세요~."

"응, 그래."

민혁이는 유찬이 엄마를 막으며
손에 들려 있던 봉지를
내밀었다.

"우리 먹을 거는 우리가
사왔어요."

유찬이 엄마는 웃으며 민혁이
어깨를 토닥였다. 유찬이 엄마는
넉살 좋고 서글서글한 민혁이를
좋아했다. 유찬이는 아들이지만
막내라 어리광이 심한데,

같은 나이인데도 어른스럽고 의젓한 민혁이는 믿음직스럽

다고 생각하고 계셨다.

"엄마는 잠깐 집에 다녀올 테니 친구들과 놀고 있으렴!"

병실 밖으로 나온 유찬이 엄마는 복도까지 새나오는 아이들의 웃음소리를 들으며, 아까 혼날 때는 눈물까지 찔끔찔끔 쏟아 내더니 역시 친구들이 좋긴 좋구나, 생각하며 흐뭇한 미소를 지었다.

"하여튼 넌 진짜 무식하면 용감하다더니…. 왜 덤벼? 거기서?"

"누가 무식해?! 그리고 친구가 그러고 있는데 어떻게 그냥 가냐? 하긴 너라면 그냥 갔을 거다!"

"무슨 소리? 나야 당연히 일당백이지~!!"

"나도 다리만 안 그랬음 진짜 다 죽었어~~!!"

민혁이와 유찬이의 오가는 대화가 어이없어서 봄이와 은새는 한심하게 바라보았다.

"너희들 표정이 왜 그래? 뭐 잘못됐어?"

"일당백? 일 터지면 제일 먼저 도망갈 거면서."

봄이는 팔짱을 낀 채 민혁이를 쳐다보았다.

"야, 허봄~!!!"

민혁이 눈을 부릅뜨고 봄이를 쳐다보았다.

"넌 나를 너무 잘 알아!! 그만 사라져 줘야겠어."

민혁은 장난끼 가득한 얼굴로 봄이에게 다가갔다.

봄이가 주먹을 들어 보이자 이내 또 원래 자리로 뒷걸음 질쳤다.

"으이그…."

봄이는 피식 웃음이 나왔다.

"다리는 괜찮아?"

은새가 유찬이를 바라보았다.

"응, 괜찮아. 부러지지는 않았으니…. 그리고 아직 젊잖 아."

"야, 아직 어린 거지!"

민혁이 유찬의 말을 거든다.

그리고 주머니에서 매직을 꺼내 들었다.

"나 이거 하고 싶었지~~. 헤헤헤~~."

그리곤 유찬이의 깁스한 다리에 무언가를 적기 시작했다.

"야, 뭐야~? 하지 마~."

유찬이가 말려도 민혁이는 신이 나서 계속 무언가를 써

내려갔다.

'다음에는 일당백! 그때까지 살아서 보자.'

게다가 유치한 그림까지 그려 넣었다.

민혁이는 흡족한 얼굴로 매직을 은새에게 넘겼다.

은새가 됐다고 하자 봄이에게 매직이 넘어갔다.

매직을 쥐고 봄이도 뭔가 끄적거렸다.

'적당히 해. 그리고 다리 빨리 나아라. 기다리고 있다. 현재 스코어 1승1패.'

다 적고 봄이가 손바닥으로 다리를 탁 쳤다.

"아악~~ 내 다리!!"

"아, 맞다!! 미안~!!"

유찬이가 얼굴을 잔뜩 찡그리며 봄이를 바라보았다.

봄이는 쿨하게 웃어 버렸다.

"참, 그 언니인지 오빠인지는 잡았냐?"

"아니…."

"잡히기만 해 봐!!"

"봄아, 그냥 신경 쓰지 말자…. 다칠까 봐 걱정돼."

은새의 표정에는 걱정이 한 가득 베어 있었다.

유찬이 엄마가 오시고 봄이와 민혁이, 은새는 갈 준비를
했다.

　　봄이와 민혁이 먼저 병실 밖으로 나왔다.

　　은새는 유찬이를 보았다.

　　"내일… 또 올게."

　　"응? 안 와도 돼."

　　은새는 그냥 물끄러미 바라보다 아무 말도 하지 않고 병
실 밖으로 나왔다.

　　그리고 정말 그 다음날 은새는 병원에 들렀다.

　　"안 와도 된다니까…."

유찬이는 은새가 오는 것이 조금 부담스러웠다. 친구들이랑 오는 것도 아니고 혼자서 오는 거라서 더욱더 그랬다.

"미안해⋯."

"미안해서 그런 거라면 이렇게 안 해도⋯."

"그때도 미안했어. 봄이 병원에서 퇴원하던 날⋯. 그렇게 말해서 계속 미안했는데 말할 기회가 없었어⋯."

"다 잊었어. 너랑 봄이랑 친한 거 아니까 친구가 힘들면 나라도 그랬을 거야⋯."

똑똑똑.

"형아~!!"

팔에 깁스를 한 꼬마 아이가 들어왔다.

"어~! 수민아~~."

꼬마 아이는 냉큼 뛰어오더니 침대 위로 폴짝 올라앉는다.

"아~, 인사해. 수민아, 이쪽은 형 친구. 자, 인사~."

"안녕하세요? 차수민입니다."

앞니가 빠진 꼬마가 활짝 웃어 보였다.

"어제 알게 된 옆방 꼬마야."

유찬인 꼬마녀석의 머리를 마구 헝클어뜨렸다.

"아, 수민아. 형아 친구랑 할 이야기 있는데 좀 있다 오면
형아가 어제 만들었던 로보트 다시 만들어 줄게, 괜찮지?"

"응응~!!"

심하게 고개를 끄덕이며 다시 쪼르르 나가 버렸다.

"어제 잠깐 놀아줬는데 그새 나를 잘 따르네, 귀엽지??"

나가는 뒤통수를 바라보며 유찬이가 씨익 웃는다.

"응, 귀엽다."

"나는 집에서 막내라서 동생이 하나 있었으면 했거든, 너
는?"

"나는 오빠랑 남동생."

"그렇구나. 나는 형이랑 누나….
봄이는?"

"봄이는… 오빠만 4명이야.
봄이도 막내인데…."

"역시… 막내였어. 그래서
그렇게 동족의 냄새가 났구만."

"냄새?"

"아, 진짜 냄새 말고…, 하하하.
그냥 좀 나랑 비슷해서…."

"봄이를 어떻게 생각해?"

"음……."

길어지는 유찬이의 말끝에
은새의 눈빛이 흔들렸다.

"좋은 애지…. 그때 비올
때도 나를 업고 1시간을 헤매다
내려왔을 때… 좋은 아이라는 거
알았어…. 착한지는 모르겠지만
강한 건 알겠더라."

유찬이는 무언가 또 생각이 났는지 입가에 미소가 번졌다.

"너도 강하고 좋은 애야."

은새가 유찬이 눈을 보며 말했다.

"응?"

"너도 좋은 애라고."

"그치. 나도 좋은 애야~!!"

급 칭찬에 쑥스러워진 유찬은 달아오르는 얼굴로 실없이 웃어 넘겼다.

은새는 그런 유찬이를 보며 살짝 미소를 짓는다.

학교 친구들이 왔다 가고 나자 깁스에는 더 이상 적을 수 있는 공간이 남아 있지 않았다.

은새는 늦게라도 하루에 한 번은 병원에 들렸다.

올 때마다 직접 구운 쿠키를 전해주거나 수업 내용을 알려주거나 프린트해서 줄 때도 있었다.

'적당히 해. 그리고 다리 빨리 나아라.'

'기다리는 거 지루해.'

'현재 스코어 1승1패.'

수많은 낙서 속에서 그 글이 눈에 들어와 박힌다.

1승1패… 괜히 생각나네…

똑똑똑.

병실 문이 열리고 봄이가 들어왔다.

"유찬아~."

환한 미소를 지으며 성큼성큼 걸어 들어왔다.

그리곤 유찬이를 꽉 안아주었다.

"야…. 너 왜, 왜 그래…?"

봄이에게서 상큼한 꽃 향기가 났다….

진짜 봄 향기가….

"괜찮아?"

봄이가 괜찮냐고 물어본다.

"응. 그럼… 그럼… 괜찮아…."

"괜찮아?? 너 왜 그래??"

응???

갑자기 엄마 얼굴이 비춰진다.

"흐억!!! 엄마?!"

"아니, 이녀석이 엄마 얼굴 보고 왜 그렇게 놀라? 꿈꿨니?"

"아…."

엄마 때문에 놀라서인지 꿈 내문인지 알 수 없는, 유찬이의 심장을 때리는 방망이질은 쉽게 가라앉지 않는다.

"참 올라오다가 그때 왔던 친구 있지? 키 큰 여자애, 그 애 봤다. 너 자고 있어서 그냥 보고 나왔다며 다음에 또 오겠다고 그러더라."

머리맡에 예쁜 화분이 있었다.

"엄마, 이거…."

"아까 그 애가 놓고 갔나 보더라. 예쁘지?"

수줍은 노란 꽃에 코를 가까이 대보자 진한 향기가 느껴졌다.

꿈속의 그 봄 향기가 느껴졌다.

심장은 지칠 줄 모르고 더 크게 울려 귀까지 먹먹해졌다.

제7화
우리들의 꿈

2주 만에 등교한 학교는 여전히 분주했다.

다들 거대한 환영식은 아니지만 돌아온 탕아를 위해 격한 포옹으로 환영해 주었다.

"이제 우리 축구할 수 있는 거야?"

"축구도 하고 농구도 하자."

"에그, 이것들이 진짜~!"

유찬이는 목발을 흔들어 보였나.

"참, 맞다! 너 아직 깁스를 안 풀었지?!"

"어디 빈 곳 안 남았냐? 낙서나 더 해줄게."

"발바닥에 유찬이 흉이나 써 놓을까? 그럼 이 자식은 못 볼 거 아냐?"

"이 자식들이~!!! 목발로 맞아 볼 테냐!!"

유찬이는 장난기 가득한 얼굴로 애들과 신나게 웃었다.

"유찬아!"

기분 좋은 목소리에 뒤돌아보니 은새가 서 있었다.

"아, 은새야."

"등교했구나."

"어~. 그동안 고마웠어, 진짜. 우리 엄마가 언제 집에 와서 밥 먹으래."

"응, 그래~."

은새는 수줍게 미소 지었다. 그리고 돌아서는 은새의 머리끝에서 상큼한 샴푸향이 풍겨왔다. 그 향기는 병실 머리맡에 놓여 있던 수줍은 노란 꽃 향기와도 같았다. 또 다시 꿈 생각이 나자 유찬이는 얼굴이 붉어졌다.

"뭐냐? 너 한은새랑 사귀냐?"

진호랑 성진이가 어느새 유찬이 뒤에 다가와 있었다.

"제발 그딴 말 좀 하지 마~!"

"아닌 게 아닌데? 얼굴까지 빨개졌잖아…."

"아! 그럼 한은새가 매일 매일 병원에 찾아갔다는 소문도 전부 진짜란 말이야~?! 안돼! 이유찬~! 은새는 우리들의 공주님이라구~."

"아, 그만… 그만…."

은새와 봄이가 함께 이야기를 하고 있었다. 그리고 다시 둘이 유찬이를 보았다. 유찬이는 흠칫 놀라서 친구들을 바라보았다.

이게 뭐지…?

병원에서는 봄이 꿈을 꾸고 한은새는 친근하게 다가온다….

그때 누군가 어깨를 툭 친다. 민혁이가 웃으며 서 있다.

"이야, 환영이야! 이유찬군!"

"눈물 나게 고맙다~."

유찬이는 시큰둥하게 민혁이를 바라보았다.

"어허, 형한테 왜 그래. 자, 이 형 품 안으로 안겨 봐~~."

"가라, 가."

유찬이는 민혁이 가슴을 살짝 밀었다. 머릿속이 복잡해지는 것이 살짝 짜증이 올라왔다.

"참, 다음주 은새 생일인데 같이 생일 선물 안 할래?"

"생일?"

"그래서 이번 주 토요일 나랑 봄이랑 너랑 같이 만나서 생일 선물 고르자고. 괜찮지?"

"아니, 다리가 이래서…."

괜히 복잡한 머리가 더해지는 것 같아서 유찬이는 가고 싶지 않았다.

"에이, 그래도 가자~. 어? 어? 어?"

그래도 매일 병실까지 찾아온 은새 생각에 유찬이는 끝까지는 거절할 수 없었다

"알았어…."

"뭐냐? 너!!! 자기가 가자고 그렇게 조르더니만…."

"그래. 그렇게 약속을 했는데 미안하다, 친구야. 한 번만 봐주라~."

민혁이 녀석은 연습 스케줄이 오늘로 변경되어 버렸단다.

"뭐? 그래서 못 온다고?"

수화기 너머에서 물소리가 들렸다.

"응. 지금도 코치님 몰래 전화한 거야. 미안한데 봄이랑 선물 잘 사고. 어? 나 부른다, 끊어!"

"야~! 야!"

휴대폰에는 이미 화면대기 중으로 넘어와 있다.

괜히 가슴이 뛰었다.

봄이랑 단둘이…? 봄이랑…

뭐야… 이거….

괜히 또 그때 산속에서의 일이 생각난다. 따뜻했던 등….

쓰레기장에서 보였던 하얀 다리… 다리…

그리고… 아악~!!!!!

이건 아니야!! 집에 가야겠어, 전화를 하고. 난 아무래도 아파서 도저히 안되겠다고!

"이유찬!"

봄이 목소리가 들렸다.

유찬이는 정돈 안된 얼굴 표정으로 봄이를 바라보았다.

"너 어디 아파? 왜 그래? 어? 땀 봐!"

"어? 아니야. 안 아파…. 참, 민…민혁이 못나온다고 전화 왔어."

"알아. 그렇지 않아도 전화왔더라고."

교복 말고 사복을 입은 모습을 보는 건 처음이었다.

하늘거리는 긴 하얀 셔츠 위에 보라색 티셔츠와 거기에 어울리는 스키니 바지와 발목까지 올라오는 짙은 보라 계열의 하이넥 스니커즈는 봄이에게 너무나 잘 어울렸다. 키가 커서인지 중학생이 아니라 고등학생으로도 보일 만큼 멋있었다.

"왜? 나… 이상해?"

너무 뚫어지게 쳐다봤나…?

"아니… 사복 입은 거 처음 봐서."

"그런가?"

봄이는 아무렇지 않은 표정으로 유찬이를 바라봤다.

"이제 선물 사러 가볼까? 혹시 생각해 둔 거 있어?"

"아니. 여자 선물 사는 거 처음이라서 잘 몰라."

"은새는 액세서리나 작고 귀여운 물건 좋아해. 그런 거 사줄까 하거든. 어때? 너도 보고 골라 봐."

"으…응."

날씨 좋은 토요일 오후는
정말 사람이 많았다.

그래서일까?

봄이는 날 위해 사람이
다니는 쪽으로 자기가 걸으면서
최대한 내가 불편하지 않게
신경써 주고 있었다.

아무리 환자지만….

그런 건 남자가 하는 건데….

"이거 어때? 은새가 별 모양을
좋아하거든."

귀여워 보이는 목걸이와 귀걸이를
꺼내 보여주었다.

작은 별들이 앙증맞게 반짝이고 있었다.

"괜찮다. 너한테도 어울리겠다."

"뭐? 나도?"

코끝이 빨개지는 것이 부끄러워하는 거 같았다.

이런 모습은 왠지 봄이 같지 않았지만 귀엽다고 생각하는 유찬이었다.

"이거는 은새한테 어울리지."

"이건 학생한테도 아주 잘 어울리겠다."

옆에서 보고 있던 점원이 거들며 나섰다. 그리곤 직접 목걸이를 봄이 목에 대어 보며 호들갑을 떨었다.

"그래, 이건 학생에게 잘 어울리네~."

“전 괜찮아요. 제 친구 사다 줄 거라서.”

“친구 것도 사고 학생 것도 사면 되겠네~.”

봄이는 쥐고 있던 목걸이를 바라보며 난처한 표정을 지었다. 그리곤 다시 목에 걸어보더니 거울에 비춰보며 유찬이를 바라보았다.

“진짜 이거 나한테 어울려?”

“응….”

유찬이는 목걸이를 보면서 은새보다는 봄이한테 더 잘 어울릴 거라고 생각했다.

“예쁜데….”

봄이의 목소리에서 아쉬움이 묻어났다.

그러나 결국 봄이는 은새에게 줄 것만 사고는 가게를 나왔다.

“너도 그 목걸이 사지 그랬어?”

“아니…. 왠지 저런 건 내가 사는 것보다 선물 받을 때 더 기쁠 것 같다는 생각이 들어서….”

생각보다 물건을 빨리 골라서 그런지 시간이 많이 남은 것

같은 느낌이 들었다.

가까운 곳에 분식점이 보였다.

그곳에 들어가서 김밥 한 줄과 라면 두 개를 시켜 놓고는 멋쩍은 웃음과 함께 후후 불어가며 맛있게 먹었다.

둘은 상가의 벤치에 앉아 후식으로 사온 아이스크림을 먹으며 이야기했다.

"넌 하고 싶은 거 있어?"

분주한 주위의 사람들 속에서 봄이의 목소리가 선명하게 들려왔다.

"하고 싶은 거?"

"응…. 꿈 뭐 그런 거 있잖아…."

"넌 있어?"

"난 의사 선생님이 되는 게 꿈이야. 그런데 우리 엄마는 피아니스트를 시키고 싶어하시지만…."

"피아니스트? 왜?"

"애지 중지 고명딸, 우아하게 드레스 입고 피아노 앞에 앉아 있는 모습이 너무 이뻐 보이신다네…. 엄마의 그 꿈 때문

에 내가 초등학교 내내 피아노 학원에 다녔잖아. 지금은 내가 하도 안 가겠다 난리치니까 반 포기하셨지만…. 넌? 커서 뭐가 되고 싶은데?"

"글쎄, 난… 가수?"

"가수??"

정말 놀란 얼굴로 봄이가 유찬이를 바라보았다.

"그 표정은 뭐냐…? 난 가수 되면 안돼?"

"아니 그건 아닌데…. 좀 의외라서. 노래 잘해?"

"노래…? 글쎄, 나중에 들을 기회가 되면 그때 말해 줘. 내가 잘하는지 못하는지. 그건 그냥 내 꿈이야. 가수가 되면 좋겠다 막연히 생각만 하는 거야. 그리고 가수 되면 폼 나잖아~~."

"그래?"

봄이는 입술 한쪽 끝을 올렸다.

"너 지금 비웃냐?"

"비웃긴 누가?"

"아닌데? 비웃는데?"

"아니야. 절대 비웃은 거 아니야. 근데 내 표정이 그랬나…?"

"나한테 묻는 거니?"

"하하하하하."

봄이가 저렇게 시원하게 웃는 건
처음 봤다.

"은새는 꿈이 화가… 민혁이는
박태환 같은 수영 선수…."

봄이는 정말 꿈을 꾸듯 중얼거렸다.

"그리고 너는 가수…. 우린 모두들
꿈이 있네? 좋다~."

정말 좋은 듯 얼굴에 미소가 그려졌다.

"묻고 싶은 게 있어."

"뭐?"

바람이 불며 봄이의 머리가 살짝 날렸다.

"나 이제 네 친구야?"

"응…. 친구…."

봄이는 유찬이 눈을 바라보지 않고
말을 이어갔다.

125

"그때… 복도에서 네 말 듣고 정말 창피했어…. 너 말대로 난… 여자보단 선머슴처럼 보일 수도 있고…. 그리고 그때는 누가 보고 있다는 생각이 없었거든…. 어떻게 보면 내가 잘못한 거일 수 있는데…. 그걸 떠나서 내 약점이라고 생각했던 부분을 누군가에게 제대로 보여줬다고 생각하니까…."

"미안해."

유찬이가 먼저 미안하다고 말을 해버렸다.

"나도 때려서 미안…."

풋. 유찬은 웃음이 터졌다.

때려서 미안해, 라니… 이럴 때는 정말 봄이 답다.

그렇게 내 얼굴에 쌍코피를 낼 때도 한치의 머뭇거림도 없었는데 지금은 많이 머뭇거리고 있다….

"근데 네가 우리 도장에서 운동하는 거 알고 참 이상한 애라고 생각했어. 우리집이라는 거는 모른 체로 왔겠지만…. 도장 다니려는 이유가 나 때문이라는 거 때문에 말이야. 보통 나한테 맞았던 다른 애들은 그냥 뒤에서 장난이나 하고 괴롭히고 못살게 굴면서 찌질하게 굴었거든. 그런데 넌 힘

을 키워서 다시 도전하겠다는 거잖아…. 다시 봤지.”

“아직도 그건 끝나지 않았어. 물론 이겨야 하는 거지만….”

“또… 은새 도와줬다는 말에 나랑 은새랑 많이 감동했어. 그때까지만 해도 민혁이 녀석이 고생 좀 했는데…. 그런 친구는 버려~!! 하고 볼 때마다 윽박질렀거든.”

버려, 에 힘주며 봄이가 말을 했다.

“그런데 넌 참 좋은 친구인 것 같아….”

봄이 눈이 따뜻했다.

두근두근….

유찬이 머릿속에 온통 심장소리가 메아리 치고 있다.

"이거 샀다는 거 은새한테 비밀이다. 생일날 짜잔~ 하고 줘야 더 좋을 거 아냐."

핑크색 선물 상자를 만지작거리는 봄이가 진짜 멋있고 예쁘다는 생각이 드는 유찬이었다.

두근두근….

"응…."

뚝… 뚝….

"어? 비오나??"

맑은 하늘에서 물이 떨어진다.

유찬이는 가방에서 파란 우산을 꺼내 들었다.

파란 우산 속에는 하얀 구름이 예쁘게 그려져 있었다.

"이거 너 우산 맞아?"

"이거 우리 누나 우산인데 나 준 거야."

"어쩐지~ 하하하. 너무 여자 취향이야. 예쁘다~."

비가 오는데도 하늘은 여전히 파랗고 바람이 살살 불어

왔다.

떨어지는 빗방울에 햇살이 반사되어 반짝반짝거린다.

"이런 비를 뭐라고 하는지 알아?"

"뭐라고 하는데?"

"여우비라고 한대."

봄이는 한 손을 우산 밖으로 빼고는 떨어지는 빗방울을
느꼈다.

"신기하지? 파란 하늘에서 쏟아지는 비라니…."

"그때 그 산 속이 생각난다…."

"그러네…."

둘은 서로 마주보며 다시 피식 웃어 버렸다.

저녁이 되어서야 집 앞에 도착했다.

"들어 가."

봄이는 유찬이가 들어가는 모습을 보려고 서 있다.

환자니까 집까지 데려다 주겠다며 고집을 피웠던 것이다.

"참, 이거 우산."

봄이가 우산을 건네줬다.

"너 가져."

"어?"

"예쁘다며? 너 가져."

"그래도 되는 거야? 그럼 나야 좋지만…."

봄이가 눈을 동그랗게 뜨며 유찬이를 바라본다.

두근두근….

"그래…. 가져…. 우산 또 있어, 우리 집에….”
"고마워.”

유찬이는 집에 돌아오자마자 침대 위로 쓰러졌다.
그리곤 얼굴을 베개에 마구 문질렀다.
얼굴이 간질간질거리며 아직까지 머릿속에 심장소리가
울린다.

더 이상 비는 오지 않지만 봄이는 우산을 펼쳐 들었다.
찰칵 소리와 함께 우산이 펼쳐지며 예쁜 구름이 보이고…,
유찬이 얼굴도 함께 보인다.
히죽히죽 웃음이 나오며 괜히 얼굴이 달아오른다….
비가 오지 않아도 우산을 자꾸만….
자꾸만 펼쳐 보고 싶을 것 같다….

제8화

봄이, 감정에 눈을 뜨다

"자, 번호 순서대로 나와서 시작해 봐."

드문드문 하얀 머리카락이 보이는 음악선생님께서는 차분한 목소리로 아이들을 긴장시켰다.

"선생니~임! 다음 시간에 해요~."

"이놈들아! 저번에도, 전전번 시간에도 다음 시간에 한다고 했었어. 오늘은 꼭 해야 돼~!! 빨리 나와! 1번!"

1번 선영이가 힘겹게 앞으로 걸어 나왔다.

리코더를 들고 나온 선영이는 우리에게 지루하지 않을 만큼 웃음을 안겨주고 선생님에게는 한숨을 안겨드렸다.

시간이 지나가면서 점점 지루해 책상에 엎어져 있던 유찬이는 봄이 번호가 불리자 고개를 들었다.

"음…. 17번 허봄. 뭐 할 거냐??"

"피아노요."

은새의 선물을 사러 나간 날 피아노 학원에 다녔다던 봄이의 말에 유찬이는 내심 봄이의 피아노 소리를 듣고 싶었었다.

"오~~~."

남자애들의 낮은 함성이 깔렸다.

"조용히들 해!"

다시 조용해지자 봄이는 알지도 못하는 곡을 치기 시작했다.

새삼 참 무식하구나 느꼈다.

피아노 건반 위로 움직이는 봄이의 하얗고 길다란 손가락이 느리게 때론 빠르게 움직일 때마다 아름다운 피아노 소리가 흘러 넘쳤다.

반주가 끝나자 아이들의 때 아닌 박수소리가 터져 나왔다.

"흠~. 봄이가 아주 좋은 곡을 들려줬구나. 너희들은 이게 무슨 곡인줄 알고 있는 거냐?"

"모르는데요~!!"

무식하면 용감하다는 게 맞는 말이다.

"베토벤의 월광 중에서 2악장이다. 이제 들었으니 기억해 두도록 해. 봄이는 피아노를 아주 잘 치는구나."

제자리로 돌아오는 봄이를 향해 아이들은 계속 웅성거리며 환호를 보냈다. 유찬이는 봄이가 자리에 앉자마자 쪽지를 건넸다.

'내 차례 되면 반주 좀 해줘.'

쪽지를 건네 받은 봄이의 표정에는 물음표 백만 개쯤 올려진 것 같았다.

'무슨 반주? 설마 노래 부르게?'

'응! 내 18번 동방신기 허그.'

'뭐? 허그…?'

'못 쳐??'

'아니…. 나도 제일 좋아하는 노래라서….'

봄이와 좋아하는 노래가 같다니 순간 운명 같은 게 느껴졌다.

"암만 생각해도 허봄은 진짜 대단한 것 같아. 완전 엄친딸이야."

"뭐? 엄친 뭐??"

진호가 완전 헤벌쭉하며 봄이를 힐끔거린다.

느끼한 자식, 그만 좀 봐라.

"완벽하잖아~. 얼굴이면 얼굴, 공부면 공부, 운동이면 운동, 뭐하나 못하는 게 없어~. 여자애들 어디 기죽어서 살겠냐?"

"남자들은 뭐 기가 사냐? 똑같지…."

"이야, 니가 웬일이냐? 같이 어울리더니 이제 좀 좋아졌나 봐~."

"그런 게 어디 있어? 제발 좀 쓸데없는 말 좀 하지 마~~."

"거기 너네 둘! 왜 그렇게 시끄러워? 밖에 나가 있을래?"

선생님의 지적에 유찬이와 진호는 입을 꾹 다물었다.

"다음 32번 이유찬. 나오거라."

그 소리에 봄이가 눈을 번쩍 떴다.

유찬이는 천천히 앞으로 나가며 봄이와 눈을 마주쳤다.

"넌 뭐 할 거지?"

"전 노래를 하겠습니다."

"뭐, 노래?"

"안되나요?"

"그건 아니지만…. 목소리도 악기라면 악기니까…. 그래, 그럼 불러 봐라."

"잠시만요, 반주자가 있는데…."

"반주?"

"네, 허봄입니다."

봄이는 빠르게 나와서 피아노 의자에 앉았다.

아까부터 졸고 있던 반 애들은 완전히 초롱초롱한 눈빛으로 봄이와 유찬이를 바라보았다.

봄이가 반주를 시작하자 유찬이는 그 반주에 따라 노래를 부르기 시작했다.

"하루만 네 방의 침대가 되고 싶어~♪
더 따스히 포근히 내 품에 감싸 안고 재우고 싶어
아주 작은 뒤척임도 너의 조그만 속삭임에
난 꿈속의 괴물도 이겨내 버릴 텐데~♪"

반 애들의 환호성이 음악실에 울려퍼졌다.

"내가 없는 너의 하룬 어떻게 흘러가는 건지
나를 얼마나 사랑하는지 난 너무나 궁금한데~♪
너의 작은 서랍 속의 일기장이 되고 싶어
알 수 없는 너의 그 비밀도 내 맘 속에 담아둘래
너 몰래~♪"

박자를 맞추는 박수 소리가 흘렀다.
선생님은 눈이 커지며 아이들의 모습을 보고 계셨고 봄이

도 피아노를 치면서 신이 났는지 자꾸 웃어 보였다.

유찬이는 노래에 맞춰 춤까지 살짝 살짝 보여줬다.

애들은 더욱더 열광적으로 환호했다.

　　"언제까지 너의 곁에 연인으로 있고 싶어

　　너를 내 품에 가득 안은 채 굳어 버렸으면 싶어

　　영원히~ ♪"

우와아~~!!!

아이들은 거의 열광에 가까운 환호성을 질렀다.

"이유찬, 너 다시 봤다~~!!"

어느새 봄이가 옆으로 다가와 있었다.

유찬이는 그 어느 때보다 잘 부르고 싶었다.

봄이에게 자신이 제일 잘하는 걸 보여 주고 싶었다.

"조용히 해!! 그리고 넌, 누가 가요를 부르라고 했니?"

선생님은 많이 당황된 표정과 목소리로 유찬이를 바라보

셨다.

"아는 노래가 가요뿐이라서요….."

"안돼, 안돼. 다음 시간에 다른 거 불러라."

"네? 안돼요, 선생님~~!!!"

"안돼긴 뭐가 안돼. 이 녀석이, 선생님이 말씀하시는데…. 다음 시간에 너만 다른 거 불러!"

유찬이는 울상이 되어 선생님께 매달렸다.

"안되요~. 한번만 봐주세요~~."

애들도 선생님께 한번만 봐달라며 유찬이를 거들었다.

"한번만 봐주세요~~ 선생님. 유찬이 노래 잘 불렀잖아요~~."

"아니, 이 녀석들이…. 에휴…, 그래. 노래 잘 불렀으니까 봐준다. 들어가 봐~."

끝나는 종이 울리자 유찬이는 반 남자애들한테 둘러싸였다.

"이야, 이유찬. 너 진짜 노래 잘하더라."

"그러게, 너 원래 노래 잘했어?"

"우리 오늘 노래방 갈까? 응?"

"됐어. 노래방은 무슨~? 어쩌다 잘한 거야, 그냥…."

"에이, 그냥 잘하는 게 아니라 완전 잘해~. 너 완전 미성이야~. 아이돌보다 더 잘 불러~."

"우리 유찬이 방송국에 데려 가자~!!"

유찬이는 호들갑떠는 아이들의 소리를 피해 밖으로 나가 버렸다.

그런 유찬이의 사라지는 뒤통수를 바라보고 있던 봄이는 지난번에 그애가 했던 말이 생각났다.

가수가 꿈이라더니….

정말 저 정도로 잘할 줄은 몰랐다.

막연히 이룰 수 있다면 좋겠다는 그런 꿈이 아니라 재능
이 있어 보였다.

목소리가 너무나 좋아서일까?

봄이의 가슴이 뛰었다.

"봄아, 담임 선생님께서 교무실로 올라오래."

"어? 어…."

봄이는 얼굴이 화끈거려서 손바닥으로 볼을 가렸다.

"근데 진짜 유찬이 노래 잘했지?"

"응…. 잘하더라…."

"이유찬, 여자애들한테 인기 많은데 저렇게 노래 잘하는 줄 알면 완전 장난 아니겠다~."

"유찬이 인기 있어?"

"그럼. 관심 가진 애들이 많아. 키가 좀 작아서 그렇지 얼굴 되지, 운동 되지, 게다가 재미있기까지…. 특히 여자애들한테 관심없는 것도 좋아하는 이유 중의 하나야~. 왜? 너는 싫어?"

"아니, 싫고 좋고 그런 건 아니고…."

"초등학교 때도 인기 좋았대. 네 친구 민혁이만큼은 아니지만 사귀자는 애들도 많았는데 한 명도 안 사귀었대. 진짜 좋아하는 사람 생길 때 사귈 거라고…. 의외로 순정파인가 봐."

선생님의 말씀을 듣고 있어도 자꾸 딴 생각이 났다.

"봄아, 선생님 말 듣고 있니?"

"네??"

"이 녀석이 왜 이렇게 딴 생각을 하고 있어. 이번 수학경시대회에 너랑 반장 지현이랑 같이 나가야 하니까 준비하고 있으라고."

"아…, 네. 선생님!"

"아까 반장은 불러서 이야기했으니까 따로 말할 건 없고 선생님은 지금 다른 데 나가봐야 해서 종례는 없어. 아까 반장이 다 전달했을 거야. 너도 하교 잘하고."

"네."

이상하게 발걸음이 무거웠다.

설마… 내가 유찬이를 좋… 좋아하나???

아니야, 아닐 거야!!!

근데 왜 마음이 이렇게 무겁지… 뭐지… 이 기분은….

교실 창문으로 유찬이가 보였다.

발걸음을 멈추었다. 들어가야 하나 말아야 하나….

그리고 그때 갈색머리가 창문 사이로 들어왔다.

유찬이와 은새가 환하게 웃고 있었다.

교실문 손잡이를 잡고 한참을 서 있었다.

기분이 이상했다.

안의 이야기 소리가 들려 나왔다.

"이거 봄이한테는 비밀이다!!"

뭘 나한테는 비밀인 것일까?

순간 봄이의 얼굴이 일그러졌다.

그리고 신경질적으로 문을 열었다.

드르륵.

문 열리는 소리가 들리자 은새와 유찬이가 문 쪽으로 고
개를 돌렸다.

봄이가 굳어진 얼굴로 둘을 바라보았다.

"아직… 안 간 거야?"

"응, 은새가 너 기다린다고 해서 나도 기다렸지."

"봄아, 너 얼굴이 왜 그래? 선생님한테 혼났어?"

"어? 아니야. 가자, 그만."

봄이는 서둘러 가방을 챙기고 빠르게 교실을 빠져 나왔다.

은새와 유찬이는 그런 봄이를 의아하게 바라보며 같이 교실을 나왔다.

"내일 보자~."

유찬이 인사에 봄이는 대답도 하지 않았다.

은새는 당황스럽게 봄이를 보다가 유찬이에게 웃으면서 인사를 했다.

"내일 봐~!"

그리곤 빠르게 걸어가는 봄이 뒤를 쫓아갔다.

"왜 저래… 쟤…?"

유찬이는 눈도 안 마주치고 가 버리는 봄이의 뒤통수를 이상하게 바라봤다.

유찬이가 없다는 생각에 봄이는 막혀 있던 가슴이 시원해진 것 같았다.

뭐가 뭔지 모르겠다….

유찬이 생각에 가슴이 뛰고….

여자애들한테 인기가 많다고….

은새랑 같이 있는 걸 보니 가슴이 답답하고….

"봄아, 괜찮아? 유찬이가 뭐 또 잘못했어?"

"아니…. 그런 거 아니야…."

"근데 왜 그랬어? 아까 인사할 때도….

"아니, 좀….

"있지, 나~ 유찬이가 좋아….

"!!!!!!!"

심장이 쿵! 하고 바닥으로 내려앉는 거 같았다.

봄이는 걸음을 멈추고 은새를 쳐다보았다.

"예전에 우리 누구 좋아하는 사람 있으면 말해 주기로 했잖아. 그래서 너한테 말하는 거야…. 나… 유찬이가 좋아…."

"……."

"그러니까 봄아, 너도 유찬이 이제 안 미워했으면 좋겠어."

"나 미워 안 해… 그냥…."

"그때 나 그 언니들한테서 구해줄 때 맞으면서도 나 괜찮은지 먼저 물어봐 줬어…. 많이 웃게 하고 알면 알수록 즐겁고 유쾌해. 유찬이는…."

차분하고 따뜻한 은새의 맑은 눈동자 속에 봄이의 모습이 비쳤다. 봄이는 가슴 속에서 그 어떤 끓어오르던 뜨거운 것이 점점 식어가는 걸 느꼈다.

    내 소중한 친구 은새…가 유찬이가 좋다고 설레며 말을 한다. 봄이는 천천히 눈을 감았다.

    그리고 은새의 손을 잡았다.

    좋아한다고 느끼는 순간 마음은 갈 곳을 잃어버렸다….

제9화

난 네가 좋아

"봄아. 이거 좀⋯."

"⋯응. 거기다 놓고 가⋯."

유찬이의 물음에 봄이는 헐렁한 대답뿐이었다. 유찬이가 깁스를 풀고 목발을 짚지 않고 나타났을 때도 평소 같으면 기뻐해 줬을 텐데⋯.

그냥 보고 지나쳐 버렸다.

이렇게 일주일이 지난 듯하다.

말을 해도 눈을 보지 않고 그냥 대충 대충 흘려 듣는다.

왜 그러는 거냐고 물어보고 싶은데 전혀 기회가 없다.

민혁이나 은새하고는 여전한 것 같은데⋯

역시 나하고는⋯.

오랜 친구들의 끈끈함이란 게 무서운 건지, 부러운 건지….

"저 봄아…. 문제 풀다 말고 무슨 생각해?"

"어? 아무 생각도 안해…. 참, 지현아. 이거 어떻게 풀어?"

경시대회 준비로 바쁜 와중에도 봄이는 문제에 집중할 수 없었다.

뭘 나는 모르게
하란 거였을까….
은새랑 유찬이
서로 좋아하는
사이가 된 걸까…?
그걸 숨기는
거였을까?

생각의 꼬리는
끝없이 계속되고 있었다.

유찬이는 아쉬운 눈빛으로 돌아섰다.

"뭐? 이거? 다 풀었네~. 왜 물어 봐?"

봄이는 돌아서서 가는 유찬이를 힐끗 돌아봤다.

지현이는 그런 봄이의 뺨을 잡고는 획 돌려 마주 본다.

"뭐야~?! 이유찬이랑 싸웠어?"

뺨을 잡혀도 손을 떼어낼 생각도 않고 봄이는 그냥 그렇게 지현이를 마주봤다.

"못난이~. 너 참 못났다. 뭔지 모르지만 얼른 사과하고 풀
어~."

봄이는 웃지도 못할 만큼 마음이 아팠다.

"봄아!"

은새가 교실문 앞에서 봄이를 불렀다.

봄이가 들어오라며 손짓을 하지만
어색한지 들어오지 못하고 밖에
계속 서 있다.

"같이 매점 가자고~."

은새는 봄이 손을 꼬옥
잡으며 생긋 웃어
보인다.

그래….

이게 옳은 거야….

아무도 복잡하지 않고….

아무도 슬프지 않고….

우린 친구니까….

"왕~!"

"아, 깜짝이야!!"

은새와 봄이는 큰소리에 깜짝 놀라 뒤를 돌아봤다.

"뭐하는 짓이야~!!"

"놀랬냐?"

봄이는 민혁이를 잡아먹을 듯 쳐다보았다.

은새는 아직도 놀랜 가슴을 잡고 멍 때리며 허공을 바라보았다.

"어디 가는 거냐? 매점 가는 거냐?? 나 크림 빵 사줘~!!!"

"사먹든지 말든지~!"

봄이는 은새 손을 잡고 다시 빠르게 걸어가고, 민혁이는 씨익 웃으며 둘의 뒤를 따라갔다.

"크림 빵 먹는다며~?"

"그냥 아이스크림이 먹고 싶어졌네?!"

결국 함께 매점에 가서 똑같이 아이스크림을 사서 운동장 계단에 나란히 앉았다.

"이젠 우리도 하복 입을 때 되지 않았나?"

"그런가? 아직 더운 거 같진 않은데?"

봄이는 시큰둥하게 대꾸를 했다.

"넌 수영도 하면서 더워?"

봄이는 아이스크림을 입에 물고는 민혁이를
바라본다.

"먹으면서 말하지 말고….

어, 떨어진다, 국물!"

그러나 정작 치마 위에
아이스크림을 떨어뜨린 건
은새였다.

"아이참…. 내가 이렇다니까."

은새는 자리에서 일어나 떨어진
아이스크림을 털어냈다.

"나 화장실 갔다 올께."

"응~."

은새는 총총거리며
건물 안으로 들어가 버리고
봄이와 민혁이만 남았다.

적당한 바람이
시원하게 지나간다.

"말해 봐~."

"뭘?"

"너 얼굴에 쓰여 있어. 나 고민 있어요, 하고…."

"됐거든?! 그런 거 없어…."

"그럼 내 이야기 들어."

"뭐? 할 이야기 있어?"

"나, 너 좋아해."

민혁이는 좀 전까지 장난치던 모습을 지우고 진지하게 봄이를 바라보고 있다.

"…자…장…장난치지 마!"

풋!

민혁이는 웃음을 참지 못하고 데굴데굴 바닥을 구를 것처럼 웃었다.

"아, 미안, 미안. 장난인 거 티 나냐?"

"너가 아주 죽고 싶어 용을 쓰는구나! 평생 수영장 바닥에서 살게 해줄까? 엉?!!!"

폭풍처럼 밀려오는 봄이의 분노에 민혁이는 주춤하며 뒤로 물러섰다.

"아… 아니, 봄아. 그런 게 아니고…."

"아니긴 뭐가 아니야!! 넌 고백도 장난으로 할 거야?"

"아니 그건 아닌데…."

"누굴 좋아한다면 진지하게 고백해 봐. 정말 진심으로!"

봄이는 얼굴이 발개져서 씩씩거렸다.

"정말 고백하고 싶을 때 못할 수도 있어. 너의 진심을 몰라줄 수도 있는 거라고! 그때 얼마나 마음이 아플지… 속상할지… 그런 마음 들면… 정말…."

봄이의 마음에 뭉글뭉글 무언가가 올라왔다.

"너… 누구 좋아하는 사람 있니?"

"뭐?!"

"근데 왜 그렇게… 절절해…?"

봄이는 아무런 대꾸도 하지 않았고 민혁이도 더 이상 묻지 않았다.

"난 있어. 좋아하는 애."

"…? 또 장난이지 또…?"

"장난 아니야…, 이건….."

봄이는 진지한 목소리로 말하는 민혁이를 바라보았다.

"누군데?"

"한. 은. 새."

봄이는 벌어지는 입을 다물지 못하고 일어났다.

"이게 정말 죽으려고~? 돌아가면서 다 사귀어라, 아주
~!!"

민혁이는 미간에 주름을 살짝 잡고서 봄이를 쳐다보다가
운동장의 어딘가에 시선을 두었다.

"정말이야…. 농담 아니야. 장난도 아니고…. 진심을 담
으라며?"

"……………."

"왜 아무 말 안해…?"

"우린… 친구잖아…. 누구도 상처 받는 거 싫어…."

"상처 받을지 안 받을지 네가 어떻게 알아…? 은새 마음을
아는 것도 아니면서…."

민혁이의 마음을 들은 봄이는 가슴이 두근거렸다.

만약 민혁이가 은새에게 고백한다면 은새의 마음이 유찬이에게서 돌아설지도 모른다는… 못된 마음이 피어났다.

"그래서 고백…할 거야?"

"고백이라는 거창한 말은 못할 것 같아. 아닌 척하려고…. 은새의 마음을 알아 버렸거든…. 은새가 누굴 좋아하는지…. 뭐, 그냥 이대로 지내는 것도 나쁘지 않으니까…."

"은새가 누굴 좋아하는지 알고 있어? 은새가 말해 줬어?"

민혁이는 쓴 웃음을 지으며 말했다.

"사람 마음은 이상해서 나 자신이 알아 차리기도 전에 남들에게 먼저 들키더라구…."

민혁이도 알고 있었구나…. 은새의 마음을…. 알면서도 그 마음을 지켜주려고 그러는구나…. 진짜 멋진 녀석이구나….

그리곤 순간 잠시나마 못된 생각을 한 자신을 꾸짖었다.

"우린…."

"그래, 친구야…. 지금도 앞으로도… 변함없이…. 너는 좋은 친구, 은새는 예쁜 친구…."

그 말을 하고는 민혁이는 싱겁게 웃어버렸다.

"은새가 예쁘긴 하지…."

"너 반응 보니까 더욱더 고백하기는 힘들겠다. 은새는 기절할지도 모른다는 생각이 드네."

민혁이의 절박한 마음은 봄이의 마음과도 닮은 듯했다.

이제야 봄이는 비로소 자신의 마음의 방향을 정할 수 있었다.

은새의 마음을 지켜줘야 한다고….

민혁이는 그냥 저 멀리 운동장을 바라보았다.

수영 잘하는 우리 민혁이, 키도 크고 웃으면 진짜 멋진….

킹왕짱 내 친구….

그때 봄이의 어깨에 살짝 민혁이가 머리를 기대었다.

"남들이 보면 오해해."

봄이는 그래도 민혁이의 머리를 치우지 않았다.

"오해하면 싫으냐?"

봄이가 피식 웃으며 민혁이를 내려다 보았다.

"나도 싫다. 남들이 남자 둘이 사귀는 걸로 오해할까 봐."

"으이구, 하여튼. 나도 너 싫어~!!"

봄이는 민혁이의 어깨를 소리 나게 때렸다.

따스한 햇살이 그들의 기분을 더욱 상쾌하게 해주는 듯
하다.

둘은 마주보며 씨익 웃었다.

그 모습을 유찬이 바라보고 있었다.

둘이 같이 있을 때 몰래 다가가려고 했다. 놀래주려고….

하지만 민혁이가 봄이의 어깨에 살며시 고개를 기댈 때….

발걸음은 더 이상 앞으로 나아가질 못했다.

가슴 한구석이 찡하고 심하게 울려왔다.

심장병에라도 걸린 것처럼….

뒤돌아 건물 안으로 들어와서도 계속 찡…하고 누군가를
찾는 것처럼 울려댄다.

"유찬아!"

화장실에서 나오던 은새가 말을 걸며 팔을 잡는다.

"부르는데 대답도 없이 무슨 생각을 그렇게 하는 거야?"

"아… 미안…."

"너 어디 아프니? 얼굴이….."

"괜찮아. 나 먼저 가볼게."

"아, 저….."

유찬이는 은새의 손을 빼고는 서둘러 교실로 들어갔다.

은새는 빠르게 사라지는 유찬이의 뒷모습을 바라보며 전하지 못하는 말을 웅얼거렸다.

비가 또 내린다.

수학경시대회 준비를 하다 보니 항상 늦게까지 학교에 남아 있게 되었다.

다 귀찮고 하기 싫다….

이렇게 비오는 날은 특히….

봄이는 운동장으로 나가는 건물 입구에 쪼그리고 앉아서 비가 오는 걸 바라보았다.

먹구름이 가득한 하늘에서는 그때처럼 예쁜 비가 아니라 우울한 비가 내리고 있다.

"뭐하냐?"

그 소리에 화들짝 놀라서 벌떡 일어났다.

유찬이가 거짓말처럼 그곳에 서 있었다.

"너…."

"깜박 잠이 들었어. 비 오는 줄도 몰랐네?"

유찬이는 멍한 얼굴로 비 오는 하늘을 바라보았다.

바람에 유찬이 얼굴 위로 방울이 떨어졌다.

봄이는 가슴이 두근거렸다.

"나…, 그만 가야겠어…. 너무 늦었어…."
봄이는 서둘러 우산을 피며 운동장으로 걸어갔다.

우산…, 파란 우산….
구름 속에 가득 유찬이 얼굴이 보였던 우산….
봄이는 다시 뒤돌아 우두커니 서 있는 유찬이에게로 걸어갔다.
그리곤 우산을 건네주었다.
"도로 가져 가."
"왜!"
"그건… 나 이제 이거 필요 없어…. 더 좋은 우산 샀으니까."
봄이가 유찬이의 발 밑으로 우산을 던져 놓고 뛰어가 버리자 유찬이는 우산을 집어 들고 봄이 앞을 가로 막았다.
"가져 가."
"필요없다고!!"

"그래도 가져 가!"

"싫어!!"

"민혁이가 사줬어?"

"뭐?"

"네가 샀다는 더 좋은 우산, 민혁이가 사준 거냐고!"

아니라고 말해야 하는데…. 말해야 하는데….

"네가 좋아…."

유찬이가 봄이에게 다시 우산을 건네주며 말했다.

"네가 좋아, 허봄…. 나는 너보다 키도 작고… 힘도 약하지만 누구보다 널 좋아해…. 너가 누굴 좋아하든지… 나는……네가…좋아…."

봄이의 눈에서 뜨거운 눈물이 쏟아졌다.

쏟아지는 빗물이 눈물을 가려줘서 다행이란 생각이 들었다.

이제야 겨우 마음 정리할 수 있었는데….

유찬이가 봄이의 마음을 한껏 헤집어 놓고 있었다.

"난 네가 좋아!! 허봄, 네가 좋아!! 좋다고!!"

유찬이는 운동장이 울리도록 소리를 질렀다.

봄이와 유찬이는 서로를 그렇게 바라보았다.

떨어지는 비를 맞으며 빗소리가 가득 울리던 그때….

"봄아…."

은새였다.

은새가 노란 우산을 들고 유찬이와 봄이 앞에 서 있었다.

"…은새야…. 이건…. 그러니까…."

은새의 눈에서 눈물이 떨어졌다.

뒤돌아 뛰어가는 은새의
노란 우산이 멀어질 때까지
봄이와 유찬이는 그 자리에
우두커니 서 있었다.

밤늦도록 비는 그치지 않았다.

제10화
이 세상에서 제일 좋아

은새의 마음….

민혁이의 체념….

유찬이의 고백….

그리고 나의……….

차라리 평평 울어 버리면 속 시원할 텐데….

이상하게도 눈물은 나오지 않았다.

다만 머리 속만 복잡해 도저히 나갈 수 없는 미로 속에 빠

진 것만 같았다.

내일이 은새의 생일인데 어떻게 봐야 할지….

자신이 없었다.

핑크색 선물 상자를 매만지며 봄이는 은새네 집 앞에 서 있었다.

도착한 지는 이미 한 시간도 더 되었지만⋯ 선뜻 들어갈 용기가 나지 않아 동네를 서성이고 있었다.

"어~ 봄아, 이제 오는 거야?"

민혁이었다. 그리고 뒤에 유찬이가 끌려 오고 있었다. 아마도 오지 않겠다고 버티는 걸 민혁이가 억지로 끌고 온 것 같았다. 눈치 없는 녀석⋯.

"왜 이렇게 늦었어? 은새 목 빠졌겠다."

"⋯⋯"

"난 이 녀석이 갑자기 안 오겠다는 걸 집에 가서 끌고 오느라고 늦었어. 빨리 들어 가자…."

민혁이가 긴 다리로 성큼성큼 현관 앞으로 다가가 초인종을 눌렀다.

띵똥~.

은새 엄마가 나오셔서 우리들을 맞아주셨다.

거실엔 다른 친구들과 은새가 있었다.

친구들에게 둘러싸여 꽃같이
예쁜 옷을 입고 웃고 있는
은새는….

···봄이를 모른 척했다···.

그 자리에 없는 사람처럼 철저하게 무시했다.

어떻게 그 시간들이 흘러갔는지 기억나지 않는다.

도저히 참을 수 없었던 봄이는

그대로 뛰쳐나와 집으로

돌아갔다.

봄이는 학교에서 다시 만난 은새와 유찬이를 어떻게 봐야 할지 혼란스러웠다. 수업이 끝나고 봄이는 은새를 기다렸지만 은새는 모른 척 지나가 버렸다.

처음이었다. 초등학교 때부터 지금까지 싸워도 하루를 넘긴 적이 없었던 사이였는데….

언제나 둘은 함께 했었는데….

그에 비해 유찬이는 아무 일 없었다는 듯이 행동했다.

웃고 떠들고…. 비오던 그 날은 인생에서 아예 없었던 날처럼 행동해서 혹시 꿈을 꾼 건 아닐까? 하는 착각 속에 빠질 지경이었다.

점심시간, 유찬이는 친구들과 축구를 하고 있었고 봄이는 유찬이에게 들키지 않으려는 듯 창문 뒤에 숨어서 지켜 보고 있었다.

"나쁜 놈…."

봄이는 들릴 듯 말 듯 낮게 웅얼거렸다.

"야, 허봄. 여기 숨어서 유찬이 보고 있는 거냐?"

눈치가 빠른 건지 없는 건지 아니면 유찬이에게 상황을 들

어 알고 일부러 그러는 건지 알다가도 모를 민혁이는 어느

새 봄이 뒤에 서서 봄이의 신경을 건드렸다.

　"누가 누굴 봤다고 그래!!"

　감추려 해도 감춰지지 않는 짜증이 같이 밀려 나왔다.

　"…에휴…. 유찬이 저 자식 지금 괴로워서 죽기 직전이

야…."

"저게 괴로워하는 모습이냐?? 아무 생각 없는 거지."

"… 유찬이, 자기 때문에 너랑 은새를 힘들게 하고 있다고…. 누굴 좋아한다는 건 너무 힘들다고 저렇게 뛰고 있는 거라구."

숨이 목까지 차게 공을 쫓는 유찬이는 확실히 축구를 재미있게 하는 것 같지는 않았다.

"보이지? 네 눈에도…."

"……."

이 엉킨 실타래를 어디서 어떻게 풀어야 할까….

봄이는 은새와 해결을 봐야 했다. 그래서 은새의 집을 찾아갔지만 굳게 닫힌 방문은 열리지 않았다.

곤란한 듯 은새 엄마는 계속 은새만 다그쳤다.

"은새야. 왜 이러니…. 문 열어 봄이가 왔다니까!!!"

"…………."

은새는 대답이 없었다.

"아줌마, 괜찮아요. 여기서 말하고 갈게요…."

은새 엄마는 심상치 않은 기운을 눈치 채고 자리를 비켜 주셨다.

"은새야…. 나, 네 친구지?"

여전히 대답 없는 그녀의 방문에 기대 앉아 봄이는 말을 시작했다.

"난 우리가 고등학교에 가고 대학에 가고 어른이 되어도 함께 했으면 해. 서로가 꿈을 이뤄 가는 모습을 지켜 보며 응원하고 힘이 되어 주면서…. 그리고 지금 네가 생각하는 일…. 없을 거야…. 난 유찬이 안……."

목이 메어 왔다. 거짓말이 목을 통해 입으로 나오기가 쉽지 않았다

"…안… 좋아……하니까……."

가슴이 찢어지는 거 같았다. 너무 아팠지만 역시 눈물은 나오지 않았다.

"거짓말…."

은새의 방문이 열렸다.

"너도 유찬이 좋아하잖아…. 왜 거짓말 해?"

"난… 난… 유찬이보다 네가 더 소중해. 내 친구 한은새."

은새의 눈에는 눈물이 가득했다.

봄이를 모른 척하는 일은 은새에게도 힘든 일이었을 것
이다.

아무렇지 않은 듯한 얼굴을 했지만 아마 집에 돌아와 펑
펑 울었을 것이다.

그렇지 않다면 지금 은새의 퉁퉁 부은 얼굴은 설명이 안

되는 것이다.

"네가 정말 날 소중한 친구라고 생각한다면…. 유찬이 마음 받아줘…."

"……뭐……?"

"나도 네가 소중한 친구니까…. 네가 행복했음 좋겠어…."

"은새야…."

은새는 작은 어깨까지 들썩이며 울음을 참고 있었다.

"나 사실 벌써부터 알고 있었어…. 유찬이가 널 좋아하는 거…."

"뭐?"

머리가 띵… 울리고 있었다.

"내가 유찬이 좋아한다고 너한테 말하던 날, 교실에서 유찬이가 밝은 표정으로 네 얘기를 했어…. 음악실에서 반주해 주던 일, 선물 사러 같이 갔던 일, 덕분에 선물에 대해 먼저 알게 되었지."

…아, 나에게 비밀이라고 했던 건 선물에 대해 들킨 거였구나….

이상한 안도감이 몰려왔다.

"그때 알았어….

유찬이가 널 좋아하고 있다는 거….

그런 것이 아니라면 그런 표정을 지을 수…

없는 거거든……."

그리고 은새는 고개를 숙인 채 말을 이어갔다.

"…그래서 내가 먼저 말했어….

유찬이를 좋아한다고….

네가 나에게 먼저 말하기 전에…."

이게 무슨 소리일까?

은새는 나보다 먼저 내 마음을 알아차렸단 말인가….

사람의 마음은 자기 자신보다 남들이 먼저 알아본다던 민

혁이의 말이 머릿속을 맴돌았다.

"미안해…. 내가 나빴어….

유찬이가 너를 좋아한다는 게 질투났어.

내가 화내면 네가 이렇게 안 좋아한다고 말할 테니까…

일부러 모르는 척했어.

미안……해….

미…안해….”

은새의 울먹임에 봄이의 눈물샘도 터져 버렸다.

그렇게 한참을 울고 불고 하던 둘은, 퉁퉁 부운 얼굴을 하고 나서야 울음을 그쳤다.

"이거 고마워….”

은새의 생일날… 두고 나온 선물이었다.

"마음에 들어?”

"응…. 넌 언제나 내가 좋아하는 선물을 해줬잖아…. 역시 넌 나에게 둘도 없는 좋은 친구야~.”

은새와 봄이가 화해하자 가장 띌 듯이 기뻐하는 건 민혁이었다.

기분이 좋다며 봄이와 은새, 유찬이를 끌고 놀이동산으로 갔다.

유원지 안의 패스트푸드점에 들어간 봄이는 유찬이와 나란히 앉아 있기가 껄끄러웠다. 그건 유찬이도 마찬가지였다. 계속 은새의 눈치만 살피고 있는데….

은새와 민혁이는 오히려 뻘줌한 그들이 재밌어 죽겠단 표정을 짓고 있었다. 먹는 둥 마는 둥 애꿎은 감자만 뭉개고 있는데 은새가 화장실에 가겠다고 일어섰다. 때마침 민혁이도 코치님한테 전화가 왔다며 밖으로 나갔다.

10분 후….

유찬이와 봄이는 두 사람의 장난에 놀아났다는 걸 알았다.

"이것들이⋯. 우리를 두고 장난을 치다니⋯. 가만 두지 않 겠어!!"

봄이가 발끈해서 일어섰다.

"또, 또, 욱하는 못된 성질 나온다!!"

유찬이가 봄이의 팔을 잡아 앉혔다.

"내 요것들을⋯."

순간 유찬이가 자신의 팔을 잡고 있다는 걸 알아차린 봄이 는 말을 끝까지 하지 못하고 평정심을 되찾았다.

"⋯⋯⋯."

어색한 침묵의 시간이 흘렀고 드디어 유찬이가 말을 꺼 냈다.

"자~."

유찬이는 보라색의 볼록한 봉투를 내밀었다.

"이게 뭐야?"

"열어보면 알잖아⋯."

　봉투 안에는 은새의 생일 선물을 고를 때 같이 봤던 별모
양의 목걸이가 들어 있었다.

　"이거…."

　놀란 토끼눈의 봄이가 유찬이를 바라보았다.

　"이런 건 선물로 받아야 더 기쁘다면서…."

　말로는 형용할 수 없는 기쁨이 느껴졌다.

　태권도 검은 띠를 땄을 때도, 오빠가 나이키 에어워크 사
줬을 때도, 전교에서 일등했다고 부모님이 비싼 mp3를 사

주셨을 때도, 또 작년 생일 선물로 은새가 의사 테디베어 인형을 만들어 선물해 주었을 때도 무척이나 기뻤지만….

오늘 유찬이의 선물은 좀더 특별하게 느껴졌다.

"내 마음은 아직 안 변했어…. 아직도 난 네가 좋아."

"…으응…."

"뭐야, 그런 대답은…? 좋다는 거야, 싫다는 거야?"

유찬이의 애타는 표정을 보니 봄이는 장난이 치고 싶어졌다.

"아니… 그게… 그러니까… 나는 너가 싫다는 건 아니고 남자 친구라 하면 여자 친구를 번쩍 번쩍 잘 업어 주고 싸움도 잘해서 여자 친구를 지켜준다거나 키도 나보다 크면 좋고…."

봄이의 장난스런 푸념에 바르르 하던 유찬이가 이를 악물고 다시 되물었다.

"그래서… 지금 난 키도 작고, 힘도 없고, 쌈도 못하니까 싫으시다?"

"아니, 아니…. 난 네가 그렇게 됐음 좋겠다~ 이거지…."

"알았어!!"

유찬이가 냉정한 표정으로 벌떡 일어섰다.

순간 봄이는 장난이 지나쳤나 싶어 움찔했다.

"유찬아~. 화났어? 나 장난이었어…. 진짜야~. 나도 너 좋아해~."

싸늘한 유찬이의 표정에 봄이는 찔끔했다.

"됐. 거. 든!!"

유찬이가 가게 밖으로 나가자 봄이는 그 뒤를 바로 따라 나섰다.

"유찬아~. 유찬아~!"

갑자기 뒤돌아서며 유찬이가 말했다.
"앞으로 6개월이야!! 검은띠 그 안에 따고 말 테니까 넌
한 눈 팔지 말고 딱 기다려!! 그리고 나서 내가 맨날 업어주
고 그 누구도 너한테 손가락 하나 까딱 못하게 지켜 줄 테
니까!!"

봄이는 그런 말을 하는 유찬이가
믿음직스러웠다.

이 세상에서 제일 멋있었다.

"그리고… 키는….
그건 내 노력으로
어쩔 수 없으니까!!
건 니가 봐 줘~.
하지만 우리 엄마도 형도
누나도 다 크니까
나도 자랄 거라구.
그때까지 넌 고무신만
신고 다니면   되겠네~!!!"

어떻게 이런 유찬이를 좋아하지 않을 수 있을까…
봄이는 있는 힘껏 달려가 유찬이에게 안겼다.

난 네가 지금보다 키가 작아도…
지금보다 노래를 못해도…
지금보다 못 생겼어도…
지금보다 힘이 약해도…

이 세상에서 제일 좋아~!!!

〈에필로그〉

HAPPY ENDING 해피 엔딩

정말 미칠 지경이다.

봄이는 전화통을 붙잡고 거의 울먹이고 있었다.

유찬이와 사귄 지도 벌써 3개월…. 다음 달이면 100일이
된다.

유찬이가 약속한 6개월이 지나고 당당하게 검은띠를 따고
서야 둘은 정식으로 사귀기 시작했다. 봄이는 그냥 사귀자
고 했지만 남아 일언 중천금이라며 끝까지 고집을 피운 건
유찬이었다.

그렇게 6개월을 보내고 사귄 지 겨우 한 달만에 유찬이는
다시 두 달 계획으로 겨울 방학 캠프를 캐나다로 떠나 버린
것이다.

물론 봄이도 같이 떠날 계획이었지만 봄이 할머니의 병환
으로 갑자기 취소할 수밖에 없었다.

그렇게 둘은 두 달을 전화와 메일, 메신저로 이야기할 수밖에 없었다. 그러나 그것도 쉽지는 않았다.

시차와 서로의 스케줄로 하루에 한 번 간신히 연락할 수 있었는데….

일주일 전부터는 연락이 두절 상태다.

"봄아…. 별일 없을 거라니까, 걱정 마."

안달복달하는 봄이가 안쓰러워 은새가 위로해 주고 있었지만 효과는 전혀 없었다.

"너도 알지? 유찬이가 운동 열심히 해서 키 많이 큰 거 알지? 그래서 요즘 완전 멋있어졌잖아. 안그래도 인기도 많은데….

게다가 같이 간 지현이가 그러는데 메리인지 쫑인지 하는 캐나다 가스나가 그렇게 유찬이한테 잘해준다고 하더라고. 이 가스나를 진짜… 돌려 차기로 으르르르르릉…."

"너 유찬이 못 믿어? 유찬이가 메리한테 넘어갈 거 같아?"

"당연히 안 넘어가지!!! 메리가 유찬이 피곤하게 할까 봐서 그런 거지…."

"으이그…. 내가 말을 말자."

"그런데 일주일이나 연락을 안하는 이유는 뭐냐구!!!!"

화냈다가 울었다가 하는 봄이를 달래느라 은새는 진이 다 빠져 나간 듯하다.

드디어 내일 유찬이가 온다.

봄이는 엄마를 졸라 은새와 함께 공항으로 마중을 나가기로 했다.

　　다음날 공항.

　　새벽까지 잠을 설치는 바람에　결국 공항에 늦게 도착했
다. 캐나다에서 출발한 비행기는 벌써 공항에 도착해 있었
고 캠프에 갔던 친구들도 대부분 공항을 빠져 나간 뒤였다.

　　"헉헉헉~. 어떡해…. 우리가 너무 늦었나 봐…."

"그러게…. 벌써 많이들 나간 거 같은데…."

두리번거리며 출구와 주변을 찾았지만 유찬이는 보이지 않았다.

유찬이라면 분명 봄이가 마중 나올 것을 알고 가지 않고 기다릴 텐데…. 혹시 그냥 가 버린 게 아닐까?

봄이는 내심 서운한 마음에 눈물이 왈칵 쏟아져 나왔다. 그러다 앞을 확인하지 못하고 앞에 오던 사람과 부딪치고 말았다.

"죄송합니다."

"…………."

눈물을 손으로 훔치며 돌아서는 봄이에게 앞의 남자는 수건을 내밀었다.

"닦아…."

깜짝 놀라 얼굴을 들어 남자를 본 순간 봄이는 기절할 뻔했다.

유찬이었다.

못 본 두 달 동안 봄이보다 한뼘은 더 자라 있었다. 그 동안 유찬이가 운동을 열심히 해서 많이 자랐지만 봄이보다는

크지 않았었는데 지금은 엄청나게 커져 있었다.

"유찬아…. 너 키가…."

"응…. 많이 컸지??"

"목소리가…?"

"어… 변성기라서…. 일주일 동안 목소리가 안 나와서 전화 못했어… 걱정했지?"

"누가… 걱정을 해…?"

봄이는 쑥스러운듯 고개를 돌려 버렸다.

"그런데 얼굴이 왜 그래?? 퉁퉁 부었네?"

유찬이는 봄이 얼굴을 돌려 확인했다.

"왜 그러겠어? 너한테 연락없다고 밤새 울고 불고 해서 그러지."

어느새 그들 뒤에 와 있던 은새가 말했다.

"울었어?"

"누… 누가, 내가? 천하의 허봄이 울었다고??"

"아까 나랑 부딪쳤을 때도 울고 있었잖아…."

"아!"

봄이는 더 이상 변명거리를 찾을 수 없었다.

"가자~. 춥다."

유찬이는 자연스럽게 봄이의 어깨에 손을 올리고 걸어 나
갔다.

"참!! 너 메리랑 친하게 지냈다며??"

"메리?? 메리가 누군데??"

"메리 몰라?? 캠프에 같이 있었다면서….."

"내가 딴 여자애 이름은 뭐하러 외우냐?? 난 허봄만 있으
면 되는데….."

"그래….. 나도 이유찬만 있으면 되~! 네가 제일 좋아."

"응! 나도 네가 이 세상에서 제일 좋아."

어느새 봄이보다 커버린 손, 높아져 버린 어깨, 낮아진 목
소리까지…. 조금씩 커가는 그들의 모습처럼 우정도 사랑도
행복도 조금씩 키워 나갈 것이다.

내일의 꿈과
희망을 위해…….